Design Presentation and Techniques

设计表现与技法

TECHNIQUES OF
COMPUTER AND
INTEGRATED PRESENTATION

电脑及综合表现

田原 编著

中国建筑工业出版社

图书在版编目(CIP)数据

电脑及综合表现/田原编著.—北京：中国建筑工业出版社，
2010.11
（设计表现与技法）
ISBN 978-7-112-12529-6

I.①电… II.①田… III.①建筑制图－技法（美术）
IV.①TU204

中国版本图书馆CIP数据核字（2010）第196242号

本套书是在2006年《室内外效果图表现技法》的基础上，结合当前国内外较常见的画材及设计软件，从设计表现的角度强调设计空间与空间、材料、功能的连续性、趣味性和层次感。主要内容是室内外效果图表现技法的各项分类技法，既保留了原书中分类的部分，更有针对性地介绍各项技法，使读者可以根据自己的需要选择适合自己的方法加以练习，达到更好的学习效果。共分3册：

1. 基础表现（基本常识、绘画基础、水粉技法、水彩技法）

2. 快速表现（水色、彩铅、马克笔、综合表现）

3. 电脑及综合表现

对于初学者来说，本书结构清晰，内容由浅入深，循序渐进。对于有一定基础的设计师来说，本书将有助于您建立起绘图的整体理念，让您对设计和绘图流程的理解有一个大的提高。在内容上自始至终都把理论讲解和实际相结合，把表现技法的功能融会贯通地应用到实际绘图之中。同时更注意对关键步骤的绘图技法进行精辟的讲解。

当前人们的生活离不开电脑，设计软件的更新越来越快，3dmax & Vray，Sketchup，Photoshop 的广泛的运用，是人们不得不接受的事实。电脑及综合表现篇从软件的表现力、对材质的渲染、结合设计的步骤图说明、综合表现和实例分析等方面展开介绍，适合喜欢电脑表现图和设计人员用作参考书。

同时本套书可作为建筑学、建筑装饰、环境艺术、城市规划、园林景观等专业的教材，还可用作土建类及其他专业的选修教材，对建筑师、室内设计师、景观设计师和专业人员提高专业水平也会有一定助益。

责任编辑：费海玲
责任设计：董建平
责任校对：陈晶晶　姜小莲

设计表现与技法
电脑及综合表现
田原　编著

*
中国建筑工业出版社 出版、发行（北京西郊百万庄）
各地新华书店、建筑书店经销
北京美光制版有限公司制版
北京顺诚彩色印刷有限公司印刷
*
开本：880×1230毫米　1/16　印张：7¼　字数：200千字
2011年8月第一版　　2011年8月第一次印刷
定价：48.00元
ISBN 978-7-112-12529-6
　　　　（19790）

前言

众所周知，创造力是人类伟大的智慧，如何将创造力表达出来，是无数艺术家、设计工作者苦苦思索的问题。一位设计师如果无法表达自己的设计意图就如同一个人失去了语言能力。因此，绘制设计表现图是表达设计师创造力的最方便直接的方法之一，也是设计师应具备的基本技能。

设计表现图凭借绘画的表现规律和原理来描绘想像中的设计形象。因此，掌握一些绘画基本规律和基本原理并加以灵活运用是绘制设计表现图的关键。环境艺术设计表现图以透视图法为基础，对设计的形态、材质、色彩、光影以及环境气氛等预想效果进行综合的客观表现，与传统纯绘画强调作者主观感受相比，具有明显的实用性。对设计师来讲，借助设计表现图可以把设计构思意念不断地扩张、推动、评估，直至将其发挥至完整。设计表现图既是一种设计手段，又是设计构思的结果。

本套书是在2006年出版的《室内外效果图表现技法》的基础上，结合现阶段国内外较常用的材料和设计软件所作的修订和增补，每册包括表现图简述、表现图的基本要素、相关的基础知识、各类专项技法和以专项为主的综合表现技法等。每部分从简单扼要地介绍一些绘制设计表现图的基本知识、原理、主要规律以及一些程序化作图的方法，到解析及分步骤演示各种表现技法，同时结合教学，由易到难、从基础到综合地加以阐述。选用当前表现技法中的优秀作品进行讲解说明，重点联系设计作品的单项工具做具体说明。主要供环境艺术设计专业的学生学习使用，希望能对有一定绘画基础的同学有所帮助。环境艺术设计表现图技巧的获得要靠长期的实践、体会和磨练，唯有如此，才能充分、自如地表达设计构思。设计表现技法的种类较多，分类的方法也不尽相同。虽然有些分类的方法可能不科学或不完整，但不管如何分类，其目的只有一个——便于学习。通过进行各种技法的练习，熟悉在不同情况下采用不同的技法进行表达，最后的结果应是不管你采用何种工具和材料，运用何种技法，只要能充分表达设计意图、符合设计要求即可，这正是人们学习设计表现技法的目的。

本书撰写过程中，得到了许多同行同事及老师的帮助，水晶石电脑图像公司提供了精美的电脑图片，北京林业大学环艺专业的学生为本书提供了大量的图片，有些图片无法一一注明作者，在此表示感谢。

由于作者学识所限，书中难免存在疏漏，请专家、同行指正。

目录

CONTENTS

第一章 电脑表现图技法

电子计算机的诞生催生了被称为第四次信息革命的产物——互联网媒体。电子计算机辅助设计的普及和与互联网媒体的结合，又催生电脑表现图技法和三维电脑动画技法、电脑美术作品、MIDI音乐创作、电脑游戏以及各种与计算机图形艺术设计有关的数字艺术作品等。然而，时至今日，在国际上，特别是在我国，与上述新生艺术形式相适应的教育体系和教学模式的建立却相对滞后。计算机辅助设计是以计算机为平台的，由两维、三维和四维(时间一维)图形、图像以及与音频等要素组成的，按照一定的视觉艺术设计规律形成静态的、动态的或动态交互的，再现现实或虚拟现实的视听图形和图像艺术设计。它分为两大类和五个子项。两大类是计算机静画和计算机动画，五个子项是两维静画、两维动画、三维静画、三维动画和视频艺术。

第一节 电脑表现图技法

以电脑为设计工具，运用电脑设计软件综合制作的室内设计表现图，特点表现为：1）着色速度快，透视及光、影计算准确；2）三维模型及场景设置好后，可以很方便地变换透视角度、方向对场景着色；3）可以很方便地修改场景中的材质、灯光、背景图像等；4）可以将实拍的背景图像与着色后的建筑模型图像相结合，使还在方案阶段的建筑融于"真实环境"之中；5）可以将着色后的图像以屏幕显示、打印(针打、喷墨和激光等)、胶片(拍摄屏幕与磁转胶)、照片、磁盘、录像带等多种方式进行输出，便于存档、复制、传输。

第二节 计算机辅助设计绘图技法分类

计算机辅助设计绘图所需要的软件并不多。首先是建模软件，3dmax是应用范围最广的建模软件，它的精确度最高。国内几家软件公司在3dmax的基础上开发出"适合中国国情"的建模软件：平面、三维同时生成，汉字化等功能，大大提高了初学者的建模速度。3dmax还是功能强大的渲染软件，同时，它还可以制作动画。渲染软件还有Lightscape、Vray。影像后处理软件首推Adobe Photoshop，另外还有Coreldraw、Pagemaker、Freehand和基于苹果系统的Illustrator、Sketch等等。另外，近些年来Sketchup也越来越多地被广泛用于效果图的制作中。总的来说，没有一个软件是十全十美的，它们都各有所长，这就需要我们巧妙地运用各软件的优势，以提高综合表现能力。

在本书里主要介绍 3dmax、Vray、Sketchup 等绘图软件以及Adobe Photoshop和手绘结合绘图的步骤方法。

第二章 建模软件3dmax的绘图步骤

第一节 3dmax 的建模步骤

（1）如图在3D界面中创建一个Box物体，尺寸如图2-1。

图2-1

（2）将创建的物体如图转换为Edit Poly，如图2-2。

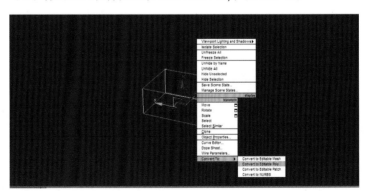

图2-2

（3）在面的层级中，选择Detach，将每个面层独立出来，如图2-3。

（4）选择边的层级，如图2-4。

图2-3　　　　　　　　　图2-4

选择两条对边单击Connect，参数如图2-5、图2-6。

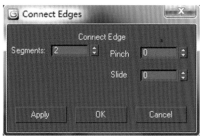

图2-5

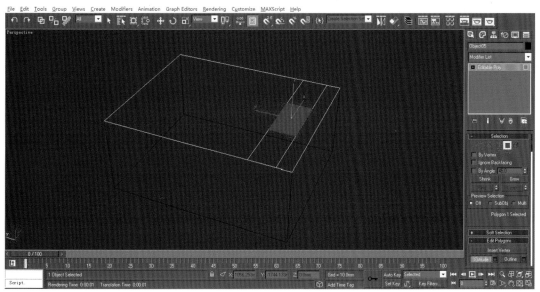

图2-6

然后根据上述做法，继续Connect。产生如图效果，并在面层级中选择红色区域，单击Extrude，挤出面，然后选择红色区域将其删除，如图2-7。

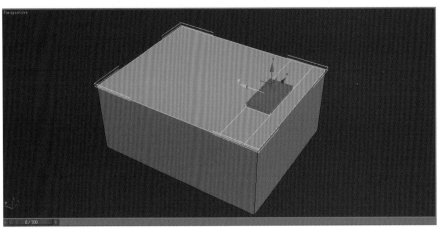

图2-7

（5）根据上述做法，创建如图2-8所示的区域。

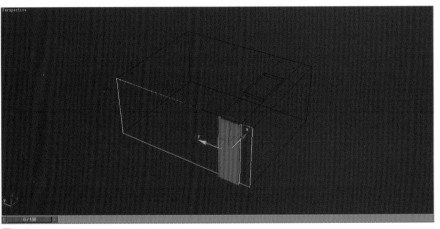

图2-8

（6）根据上述做法，创建出窗户区域，如图2-9所示。

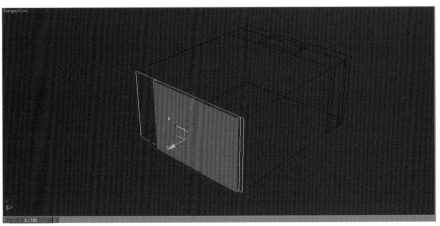

图2-9

（7）在线的层级中选择如图2-10所示的边。

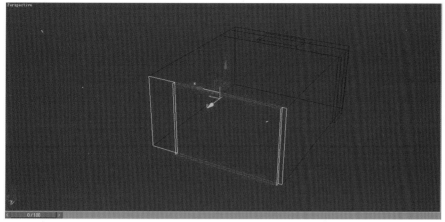

图2-10

（8）在面层级中选择上述面，如图2-11所示。

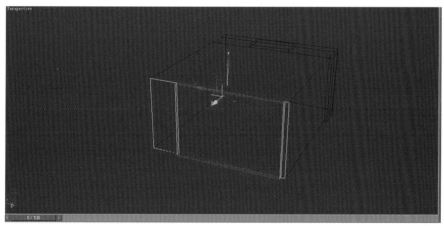

图2-11

在面层级中，单击Extrude，创建出如图2-12所示图形，并删除图中红色区域。

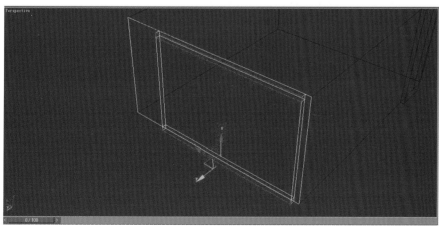

图2-12

选择如图2-13所示红色区域。

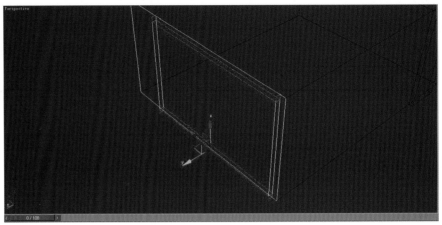

图2-13

单击Detach，将所选面域独立出来。

（9）在边层级中，选择如图2-14所示区域。

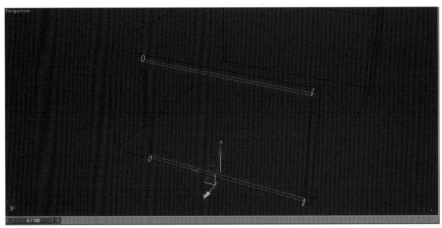

图2-14

单击Connect，参数如图2-15设置。

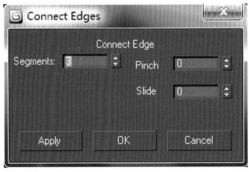

图2-15

得出如图2-16所示，在边层级中选择上述红线，然后选择Chamfer，为所选边倒角。

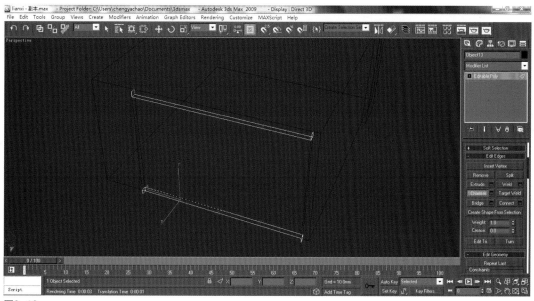

图2-16

参数如图2-17所示。

图2-17

（10）在面层级中选择如图2-18所示区域，并将其删除。

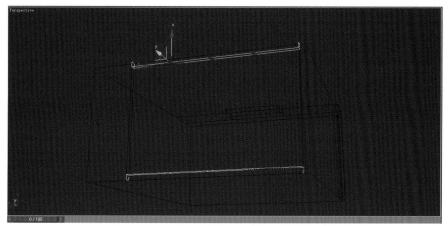

图2-18

（11）在面层级中选择如图2-19区域，并单击Extrude，将其挤出，并删除算选区域。

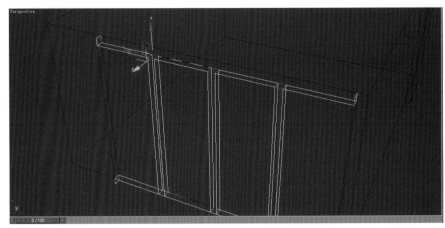

图2-19

在面层级中选择如图2-20所示区域，并单击Detach，将所选区域独立出来，如图所示。

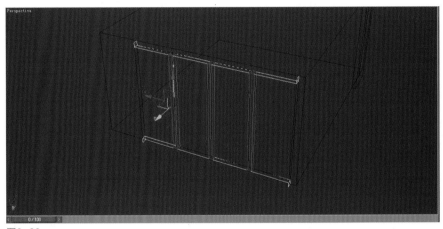

图2-20

（12）将整个房间外墙与窗户建立好以后，如图2-21所示单击Merge，选择模型中的窗帘，将其移动到如图2-22所示区域中。

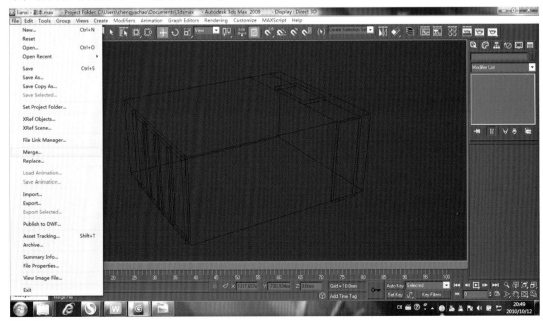

图2-21

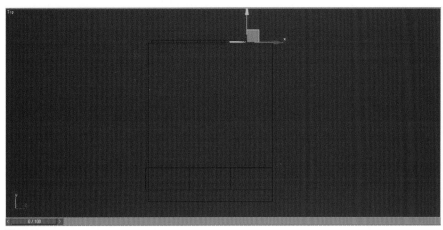

图2-22

（13）最后将Group1、Group2、Group3分别移进所选区域，最后整理成如图2-23所示区域。

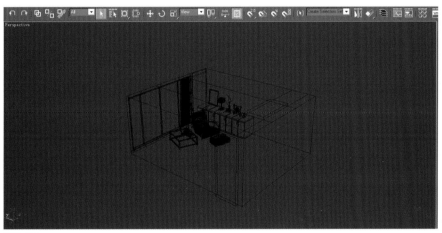

图2-23

第二节 3dmax 的绘图步骤

1. 3dmax 范图示例一

运行3dmax，打开已经完成的室内模型，点击F10选择Vray渲染器，如图2-24。

我们所打开的模型是一个已经创建完成的室内场景。在这里我们只讲述材质的调节和灯光的设置以及最终的渲染出图。室内场景如图2-25。

图2-24

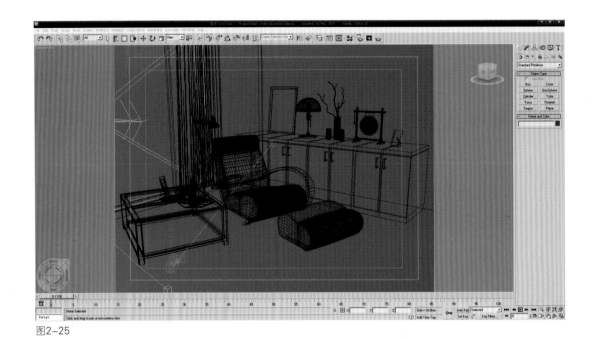

图2-25

教程主要讲述了材质的制作，灯光的设置以及最终的渲染出图，所以在这一部分我们对材质的设置进行讲述。

（1）设置房间地面、墙面等主要设施材质

室内场景的主体材质包括地面、墙体、落地窗户三个部分，简单的说就是建筑的基本构成要素。

步骤一：地板材质的设置。单击键盘上的m键，打开材质编辑器，新建一个VrayMtl材质，设置材质的反射参数、光泽度，如图2-26。

图2-26

然后进入Map卷展栏下在漫射和凹凸的通道里面浏览设置准备好的图片。并在Reflect的通道下浏览衰减，设置Bump通道的参数，如图2-27。

图2-27

贴示：真实的地板材质是有一定的凹凸感的，所以在效果图的制作过程中添加的凹凸贴图可以使材质看起来更加真实。

步骤二：白色墙体材质的设置。新建一个VrayMtl材质，设置材质的漫射参数、反射参数、光泽度，如图2-28。

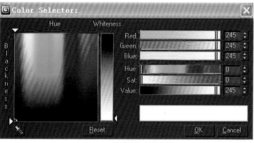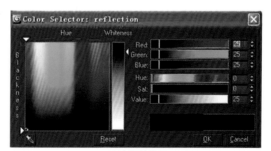

漫射参数设置   反射参数设置

图2-28

打开选项卷展栏，去除跟踪反射，这样墙体有一定的反射度，但是并不会产生高光，使墙体材质看起来更加真实。

步骤三：蓝色墙体材质的设置。这里需要使用防止蓝色色溢的命令，所以首先新建一个VrayOverrideMtl材质，然后再分别设定整个房屋环境的主材质和GI材质。注意蓝色墙面要设置凹凸通道，并添加凹凸材质。而GI材质则主要基于整个房屋白色的颜色，所以直接设定白色材质即可，如图2-29。

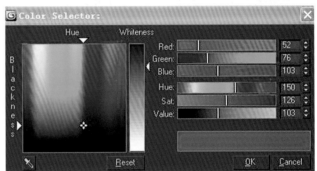

蓝色墙面漫射参数设置

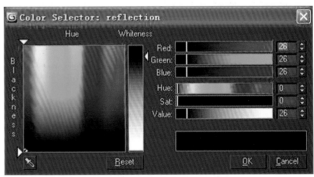

蓝色墙面反射参数设置

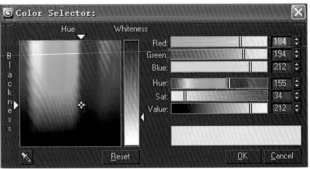

白色防色溢漫射参数设置

图2-29

步骤四：落地窗户材质的设置。首先设置窗户边框。新建一个VrayMtl材质，设置材质的漫射参数、反射参数、光泽度。窗框的材质是铝塑的，注意在高光光泽度上的设置，如图2-30。

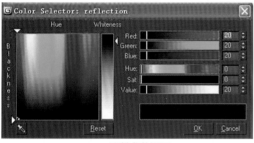
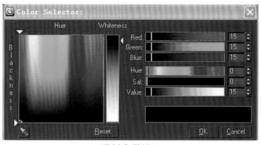

反射参数设置　　　　　　　　　　　　　　　　漫射参数设置

图2-30

步骤五：窗帘材质的设置。新建一个VrayMtl材质，设置材质的漫射参数，然后进入Map卷展栏下在凹凸通道增加贴图和不透明度通道增加衰减贴图，如图2-31。

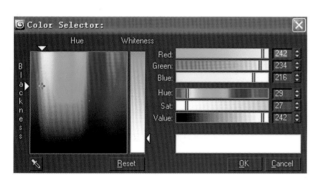

漫射参数设置

图2-31

（2）室内家具材质的设置

步骤一：沙发材质的设置。沙发采用的是米色的亚麻材质，材质的参数设置如图2-32。然后进入Map卷展栏，在凹凸通道，漫、反射通道里添加两张不同贴图，再在自发光通道里面增加Mask贴图，在Mask后面增加衰减通道。如图2-33。

　　步骤二：木制把手的设置。注意高光和模糊度，还有木质的凹凸贴图（凹凸程度15），参数如图2-34。

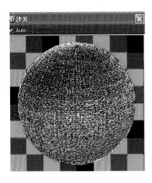

图2-32

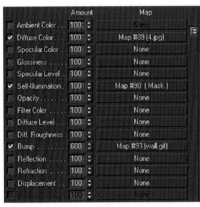

图2-33

反射参数设置

图2-34

步骤三：设置周围金属外壳的材质。金属材质的设置参数如图2-35。

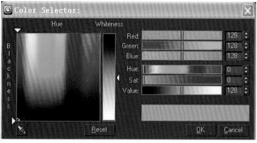
漫射参数设置

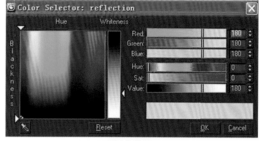
反射参数设置

图2-35

步骤四：不锈钢材质的设置。不锈钢材质的设置主要因素是折射和反射，还有凹凸通道，具体参数如图2-36。

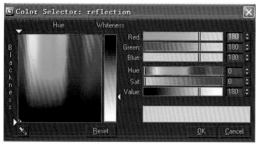
反射参数设置

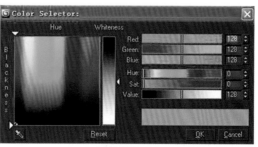
漫射参数设置

图2-36

　　步骤五： 玻璃材质的设置。玻璃材质的设置也主要是漫射和反射参数的设置，以及凹凸通道。具体参数如图2-37。

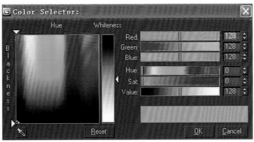
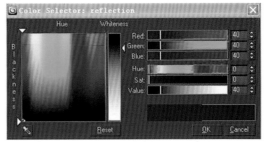

漫射参数设置　　　　　　　　　　　　　　　　　反射参数设置

图2-37

（3）设置场景的灯光

　　步骤一： 首先打开Vray渲染器，添加Vrayhdri贴图。浏览到Vrayhdri，按住鼠标左键拖到材质面板中，打开的页面如图2-38。

图2-38

　　步骤二： 第一面窗户前Vray面光源的设置。创建Vray面积光，参数如图2-39。

图2-39

然后设置第二面反射光紧贴在主光后面，设置如图2-40。

最后是最远处的主环境光的设置如图2-41。

图2-40

图2-41

调整位置如图2-42。

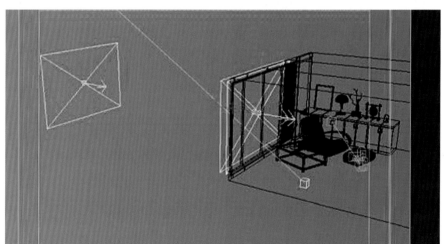

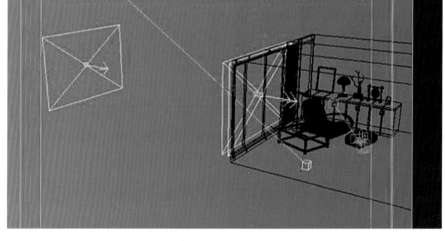

图2-42

步骤三：Vray阳光的设置，参数如图2-43。

调整位置如图2-44。

至此，场景的灯光设置完毕。

图2-43

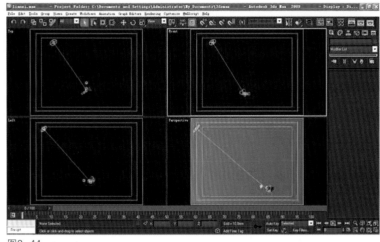

图2-44

（4）渲染出图

步骤一：测试渲染。测试渲染其实就是对场景在整体上有一个把握，因此参数不要太高，一般就可以了。接下来我们进行测试渲染，在渲染测试之前要对渲染器进行一些简单的设置，如图2-45。

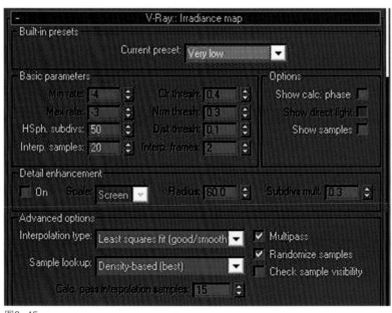

图2-45

开启GI间接照明，选择两种计算方式，如图2-46。

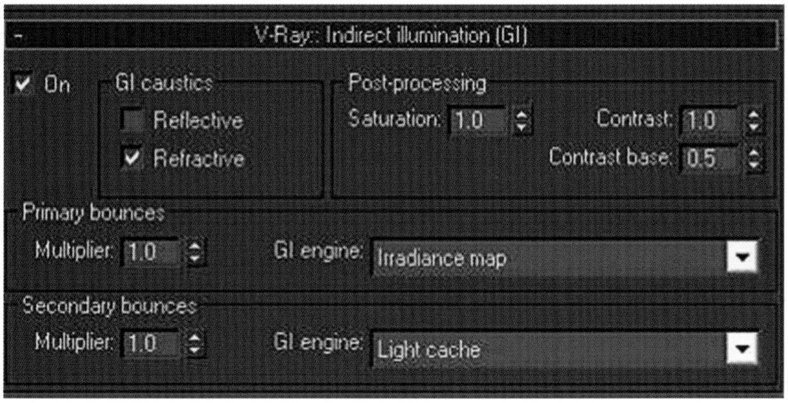

图2-46

设置尺寸大小如图2-47，然后可以进行测试渲染了。

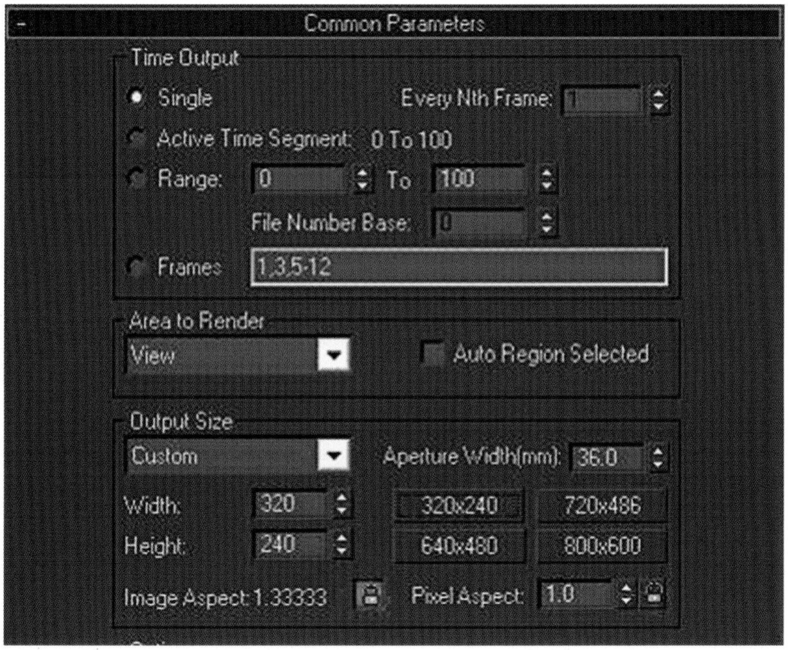

图2-47

渲染效果如图2-48。

整体上感觉光的效果还是不错的，接下来我们就可以进行最终图像的渲染了。

步骤二：发光贴图的渲染设置。并为发光贴图浏览一个存储路径，具体参数设置如图2-49。

图2-48

图2-49

步骤三: 最终渲染。参数设置及最终效果如图2-50。

图2-50

2. 3dmax　范图示例二

（1）导入CAD平面图

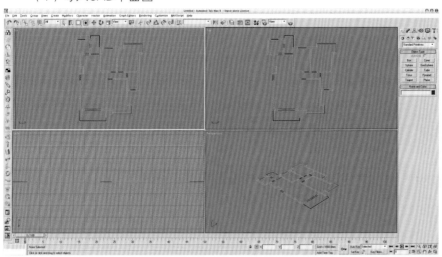

（2）用线工具描摹平面图

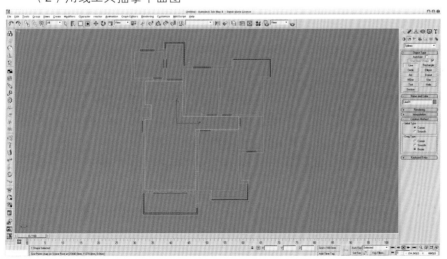

（3）转化为可编辑线

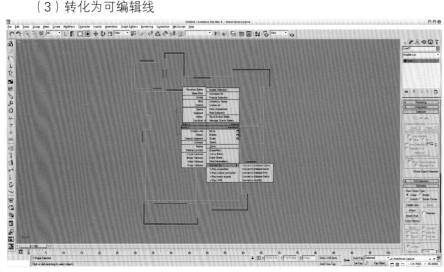

（4）扩充出墙体

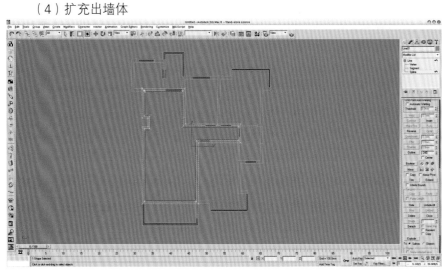

（5）转化到透视图选择挤压编辑器

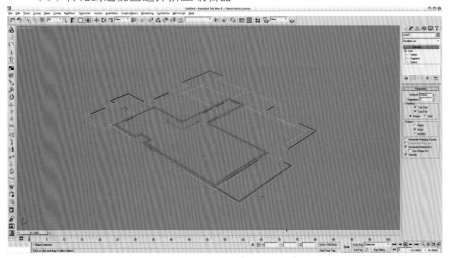

（6）挤出房间高度2700

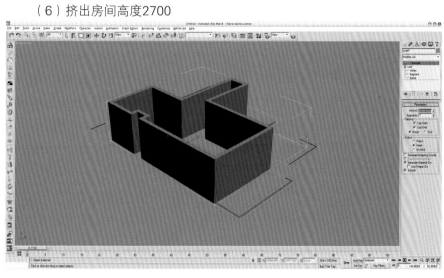

（7）利用布尔工具扣除门窗及窗洞

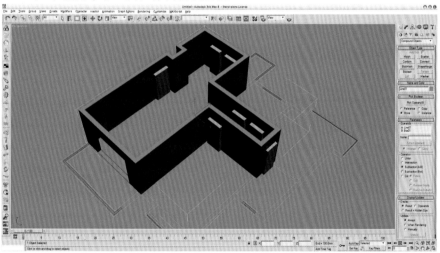

（8）导入门窗阳台组件

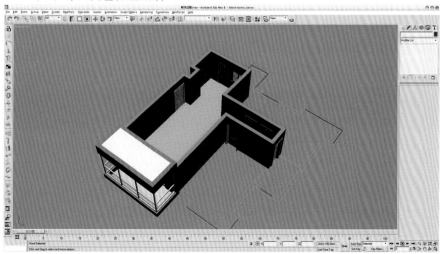

（9）给予墙体挤出材质

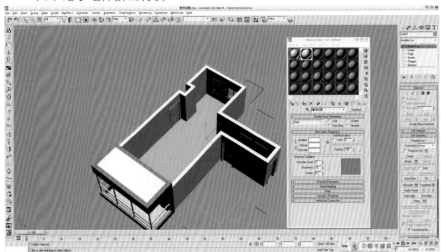

（10）给予地板Vray材质

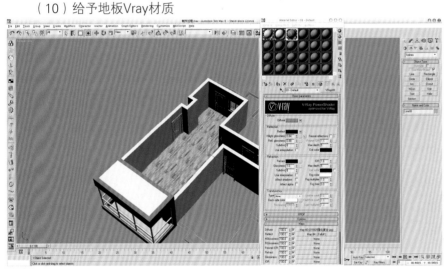

（11）根据布局布置家具

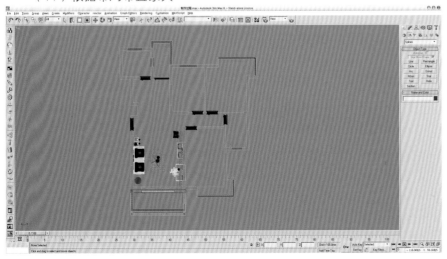

（12）布置摄像机及灯光

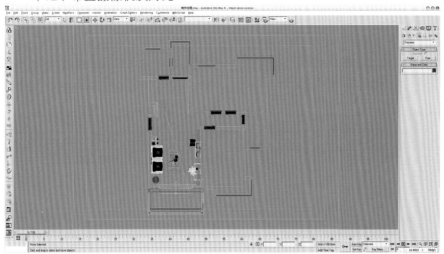

（13）摄像机视图调整

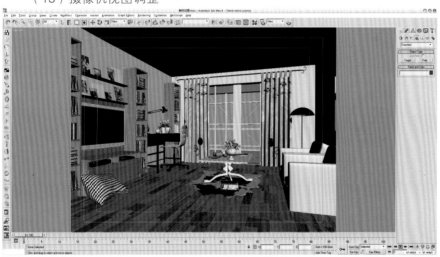

（14）进行初步测试渲染

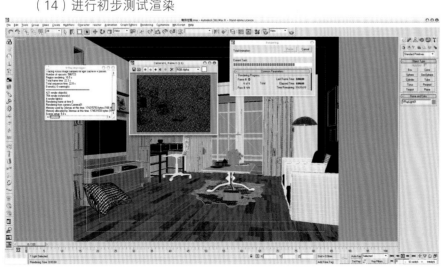

（15）初步渲染可以后，调整参数出图即可

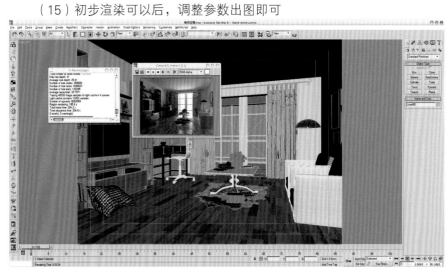

（16）完成渲染后的效果图

第三节 3dmax的绘图实例解析

3dmax 至今还是建筑及室内设计中最常用的软件。这里以苏州中国大饭店大堂为例，介绍其制作过程。

这是一个带有夹层、形状规矩的室内空间，直接在3dmax里建模。先根据业主提供的土建平面图，在Top视图建立柱和墙体二维图形图2-51。

再给出高度，建出屋顶及夹层项的大体轮廓，建立照相机，并选好视角图2-52。

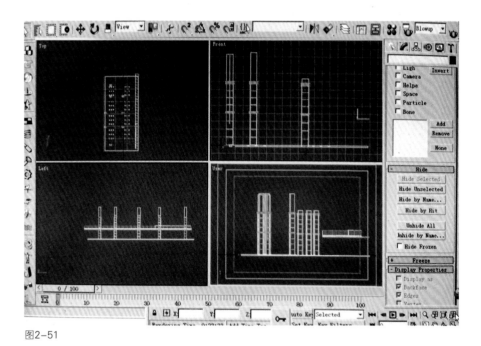

图2-51

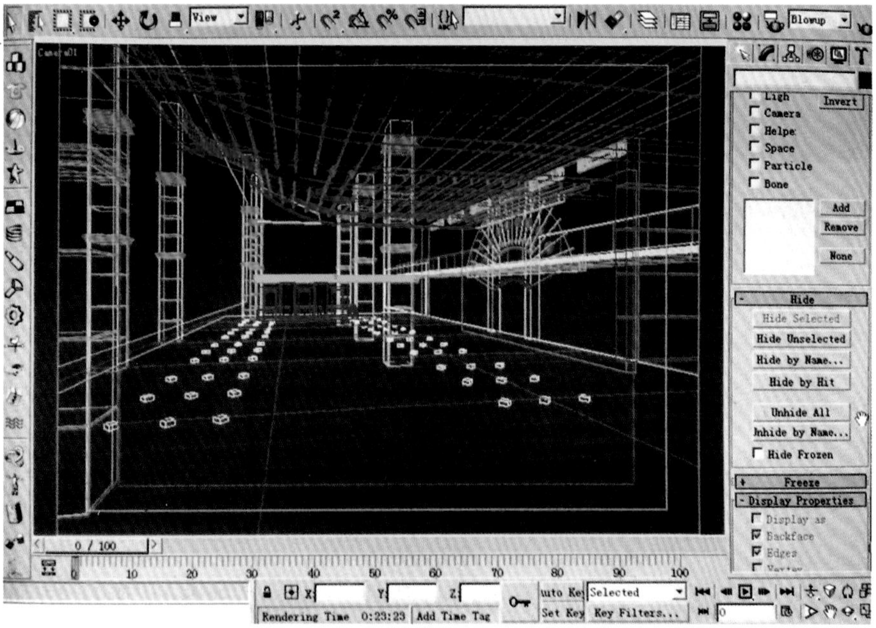

图2-52

这样，整幅图大的框架就出来了。依照比例尺寸继续深入，画出顶、柱、接待台、墙面等细部。这样，可以建立一些灯光以利于观看渲染出的透视图，还可以为了画面美观的需要适当地缩放比例，图2-53。

接下来就是局部模型的塑造，如接待台、休闲区沙发、吊灯、地面花岗石拼花等等，图2-54。

局部模型的建立对整幅图的影响很大，尤其是曲面模型，它关系到画面真实感、层次感，但过于复杂的曲面又会增加文件量，减慢渲染速度，所以，一定要考虑方方面面的因素，要丰富细节，更要强调整体，图2-55。

在室内表现图里，灯光是非常重要的。室内光源复杂，而且还得根据画面的需要突出重点，减弱、虚化次要部分，这都是靠光的运用。还好，3dviz和3dmax都提供了很强大的灯光

图2-53

图2-54

图2-55

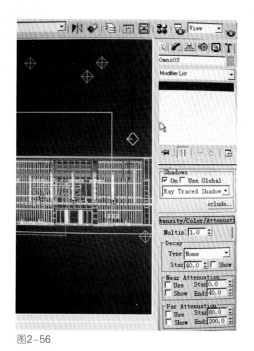

图2-56

功能。在这幅图里灯光的运用还不是特别复杂，本图一共建了32盏灯光，图2-56。

如果是场面稍大的娱乐场所，灯光就很复杂了，不但要考虑光的明度，还要考虑光的色相、纯度，更主要的是这么多纯度较高的灯光如何统一在一个大的色调里。再有一个重要的方面就是材质，它和灯光的作用是相辅相成的，小小一个材质编辑窗口，里面却是包罗万象，图2-57。

可以通过扫描仪或数码相机，将真实的材料样品制成你的材料库，而每做一种材质编辑时都可以根据色调的需要改变或调整材质本身的色彩、清晰度、光泽度、透明度、凹凸程度等等，这个功能也是非常强大、灵活的。通过反复比较、调整，渲染成平面图像，如图2-58。

最后一道工序就是平面影像后处理。将从3dmax渲染出来的图像，在Photoshop里，该调整的、该修掉的、该提亮的、该刻画的，做——加工。在植入配景时要注意透视和虚实，这样，一幅室内表现图就完成了，图2-59。

实际上，整个制图过程都是一个方案推敲和完善的过程，通过对模型、材质、色彩、灯光及构图等的反复比较和调整才使设计方案趋于完美。

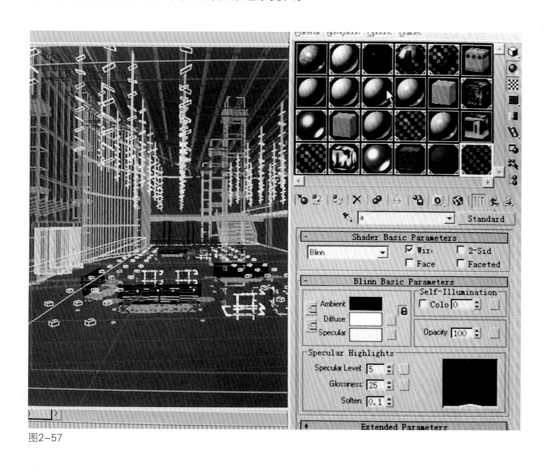

图2-57

图2-58

图2-59

第四节 3dmax电脑表现的作品赏析

图2-60

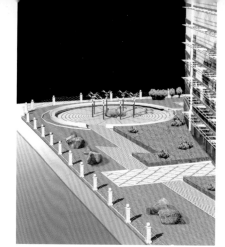

图2-61

图2-60~63

名称：鲁能景观设计

作者：田原

(全国第三届室内设计大展，景观金奖)

图2-64

名称：烟台人保大厦大堂

作者：田原

软件：3dmax

■ 该设计力求在自我的天地中，塑造新的空间、色彩、体量，顶棚的灯具似一片祥云，使两个实体被一个相对虚化的曲面形体统一成一个整体，强调形体的穿插和空间的虚实对比。

图2-62

图2-63

图2-64

图2-65

■ 圆屋顶金色枫叶的微妙色彩与室内陈设及室外人物色彩相呼应，混合的颜色营造出新古典主义的设计风格，后面的灰色建筑衬托出咖啡色的曲线美，前面的花池表现了纵深感。

图2-65

名称：欧陆经典社区咖啡吧

作者：田原

软件：3dmax

图2-66

作者：张晓欢

年级：02级

学时：10学时

软件：3dmax 6、Photoshop CS

■ 建筑设计整体感较强，从室内渐渐溢出的暖光与室外的宁静冷光有机地结合在一起，是这张图最吸引人的地方。

图2-66

■ 该设计大胆巧妙地运用冷抽象的表现形式，淋漓尽致地凸现个性化的魅力，并使雕塑不留痕迹地与环境融为一体，让人萌生大量灵感，为环境平添无数奇思妙想。

图2-67

图2-68

图2-69

■ 该客厅为现代简约风格，以白色和自然木色为主，主要突出家具的独特性。材质上选用白色木地板、白色内墙涂料，营造明亮清新、贴近自然的室内效果。

■ 该餐厅为西班牙简约风格，以绿色、黄色、白色为主要色彩基调，搭配做旧效果的家具，以及店主收藏的竹木、马灯等，营造明亮活泼的异域风情。材质上选用木材、竹材、马赛克、涂料、少量铁艺以及软装饰进行组合搭配。

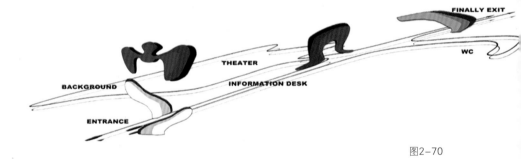

图2-70

■ 剧院为单层，设置150个座位，内部采用中国红做主体颜色，内走廊的颜色采用花脸胡须的黑色。剧院在设计上摒弃传统戏台模式，完全采用现代设计手法，力图在韵味上达到传承的效果。剧院顶部设置全面自动开窗，可根据天气情况开敞或闭合。在天气较好的情况下，天窗开启，会给观众营造出一种在自然环境下观演的气氛。

图2-67
名称：广场雕塑
作者：刘沛
年级：01级
软件：3DVIZ

图2-68
题目：客厅设计
作者：赵雨思
年级：05级
学时：16学时
软件：Cad平面数据导入，3dmax建模贴图渲染，Photoshop后期贴图、色彩处理

图2-69
题目：三里屯carmen西班牙餐厅
作者：赵雨思
年级：05级
学时：16学时
软件：3dmax建模贴图渲染，Photoshop后期贴图、色彩处理

图2-70
题目：京剧院设计
作者：赵雨思
年级：05级
学时：10学时
软件：3dmax建模贴图渲染，Photoshop后期贴图、色彩处理

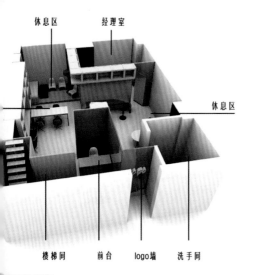

休息区　　经理室

休息区

楼梯间　　前台　　logo墙　　洗手间

图2-72

■ 写字楼走廊为现代简约风格，以暖色为主要色彩基调，墙面采用深棕色装饰板，地面选用米黄色混纺地毯，白色的矿棉板吊顶配以冷光源格栅灯，办公间选用喷砂玻璃等，营造出明亮清新的气氛。

图2-73

■ 该酒廊通过红与绿、黄与紫的弱对比来烘托温馨的气氛。

图2-71
题目：服装公司办公室设计
作者：赵雨思
年级：05级
学时：16学时
软件：3dmax建模贴图渲染，Photoshop
　　　后期贴图、色彩处理

图2-73
题目：行政酒廊
作者：张晓欢
年级：02级
学时：10学时
软件：Cad平面数据导入，3dmax建模贴图渲染，Photoshop后期贴图、色彩处理

图2-72
题目：写字楼走廊及服务区
作者：王晓东
年级：05级
学时：8学时
软件：3dmax建模贴图渲染，Photoshop
　　　后期贴图、色彩处理

图2-71

■ 该服装公司办公室采用现代简约北欧风格。亲切的原木色，清新干净的白色，配以鲜艳的红、浓郁的绿，营造轻松个性的办公环境。紧凑的布局是SOHO办公的特点，现代家具的搭配是亮点，创造出干净利落又不乏现代气息的小型办公空间。

图2-74

■ 该写字楼大堂以黑、白、灰为主色调，再搭配暖棕色泰柚饰面板，主要突出独特
性。材质上选用灰麻石材、泰柚饰面板、钢化玻璃、白色内墙涂料等。

图2-74

题目：写字楼大堂

作者：王晓东

年级：05级

学时：8学时

软件：Cad平面数据导入，
3dmax建模贴图渲染，
Photoshop后期贴图、色
彩处理

图2-75

题目：行政酒廊

作者：张晓欢

年级：02级

学时：10学时

软件：3dmax建模贴图渲染，
Photoshop后期贴图、色
彩处理

图2-75

■ 此设计运用大量中式元素，简单的线条勾勒出水平与垂直的立体感。现代的语汇
清晰地表现了别致的风格。

图2-76

题目：写字楼二层

作者：王晓东

年级：05级

学时：8学时

软件：3dmax建模贴图渲染，Photoshop
　　　后期贴图、色彩处理

■ 表现不同材质室内的空间感，注重木材、石材、金属、玻璃不同材质的表现。强调光感及透光反光材料的质感。通过光影的表现来增加室内的灵动。

图2-77

题目：宴会厅

作者：张晓欢

年级：02级

学时：10学时

软件：3dmax建模贴图渲染，Photoshop
　　　后期贴图、色彩处理

■ 该宴会厅采用中国红作主色调，注重前景细部的表现，以此创造宏伟的空间。

图 2-77

图2-78

■ 注重室内环境光线与不同材料的不同折射效果。

图2-78

题目：阅览室

作者：王晓东

年级：05级

学时：8学时

软件：3dmax建模贴图渲染，Photoshop
后期贴图、色彩处理

图2-79

题目：会议室

作者：张晓欢

年级：02级

学时：10学时

软件：3dmax建模贴图渲染，Photoshop
后期贴图、色彩处理

■ 该会议室以棕红色、黄色、白色为主要
色彩基调，搭配现代的家具以及发光灯
槽和筒灯，营造明亮庄重的感觉。材质上
选用木质饰面板、织物、机织纯毛地毯、
白色乳胶漆以及软装饰进行组合搭配。

图2-79

图2-80

名称：国际展览中心

作者：北京市建筑设计研究院三所

■ 该建筑以数个小弧形屋面组合配以结构上需的桅杆，斜拉索，使展览馆具有流动性动态造型。

图2-80

图2-81

名称：济南交银大厦歌舞厅

作者：泛华工程有限公司设计

■ 该设计运用后现代主义设计手法，顶棚造型的曲线与柱的对比，地面红色石材与绿色座凳的对比，加上灯光的渲染，注入了时代的气息，富于浪漫主义情调，寓意生机勃勃的现在和将来。

图2-81

图2-82

名称：大连火车站规划设计

作者：北京市建筑设计研究院四所

■ 本设计为折线形，充分发挥材料的反射、折射性，候车大厅的屋顶采用拉索结构，充分体现大跨度建筑结构美感。屋面造型轻盈而醒目，富含韵律，又像朵朵帆船，与海滨城市的特征相吻合。

图2-82

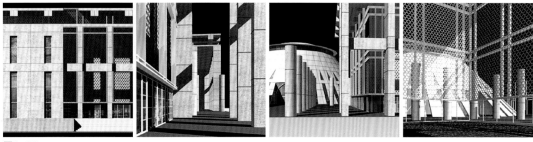

图2-83

■ 本设计侧重与当地传统文化相结合,创造出宗教色彩很浓的建筑形式。注重外部空间的塑造和空间序列安排,在用材上,以清水混凝土墙及大片玻璃加花格栅墙相结合,重点部位配以大理石装饰,以简朴的立面装修和具有严谨秩序感的造型及空间序列使建筑具有永恒的魅力。

图2-84

图2-83
名称: 孟加拉国际会议中心
作者: 北京市建筑设计研究院三所

图2-84
名称: 国家大剧院方案
作者: 北京市建筑设计研究院国家大剧院
      设计组

图2-85
名称: 王府井商业步行街方案
作者: 北京市城建设计研究建筑分院

■ 在方案中,大实墙可以制作成电子墙,白色的石材薄而透,以展示出室内的色彩变化以及各种电子设备生成的投影图像。这样,立面部分就如色彩斑斓的乐谱和音符,而灯光的运用使夜晚的大剧院成为一首充满惊人变幻的色彩和灯光的交响曲。

图2-85

■ 本方案属于王府井地下商业街方案设计的一部分,集商业、市政、交通为一体的大型地下建筑最大限度地为人们创造了一个轻松幽雅、重返自然的空间。

图2-86

■ 该设计中的圆形顶棚吊顶，象征中国古钱币，与地面石材拼花相呼应，地面方形与圆形拼花形成对比，使室内富有动态美。

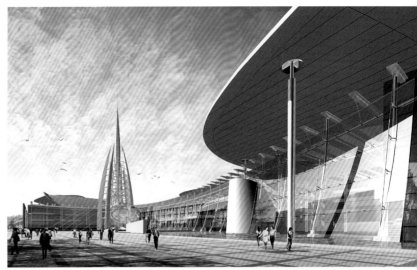

图2-87

■ 该设计以孔雀的形象作为规划构图的母题——云南有动物王国的美誉，孔雀是美丽、吉祥的象征。在规划上将所有场馆用地外沿面向滇池呈弧形布置，体育中心建筑群就像一只美丽的孔雀停在滇池的岸边。

图2-88

■ 歌剧院邻水而建，与珠江形成互为观赏与被观赏的景观关系，歌剧院的幕墙为点式玻璃，象征着浪漫的乐章带给人们愉悦的心情和美好的回忆。

图2-86
名称：中国农业银行顺义分行
作者：中国建筑标准设计研究院

图2-87
名称：云南红塔体育中心方案
作者：北京市建筑设计研究院四所

图2-88
名称：广州歌剧院方案
作者：中国建筑设计研究院

图2-89
名称：北京密云水库宾馆
作者：美国东肯国际有限公司

图2-89

■ 该方案设计注重以人为本的视觉欣赏性，强调以安静、优雅的环境和方便的功能分区满足人们的度假需要，通过现有建筑和外部景观营造优雅、舒适的度假环境。

图2-90

■ 本设计以古城墙的造型为母题，运用现代的建筑材料和技术塑造出水晶宫般的艺术殿堂。大厅把三个剧场联系起来，同时也作为市民交往与活动的场所。

图2-90
名称：国家大剧院方案
作者：北京市建筑设计研究院

图2-91
名称：厦门建设大厦方案
作者：北京市建筑设计研究院
　　　三所

■ 该方案中的棱形玻璃体有着航船的隐喻，弧形平面的裙房如航船冲开海浪，椭圆形的报告厅就成了海浪留下的旋涡。这些形体的组合来源于构成手法。这样的标志特征更加符合城市环境。

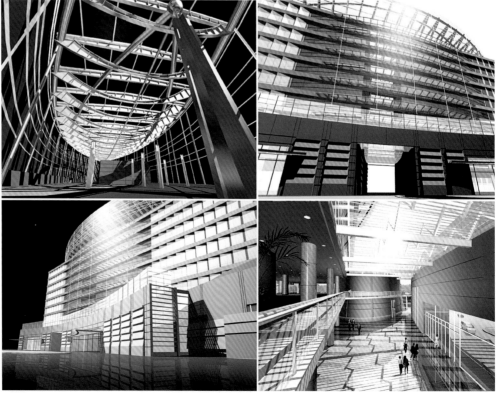

图2-91

第三章 3dmax建模后Vray的光渲染绘图步骤

第一节 Vray的光渲染绘图步骤

图3-1 欧式客厅效果图

1.欧式客厅空间简介

场景中表现的是欧式客厅的白天效果，主要运用Vray的面片光源和天光照明来完成场景的照明设置。场景中表现的是新古典主义的装饰风格，讲究对称的装饰手法，在材质的选择上也要具有针对性。本案例的效果图如图3-1。

2.场景模型的检查

打开场景之后，首先我们要对场景的模型进行检查，如果模型出现问题，及时进行调整，以免后期发现问题，修改起来相对麻烦。这也要求我们进行效果表现时，在场景模型搭建的时候，严格要求自己，养成良好的习惯，从而节约后期的制作时间，提高工作效率。

(1) 相机的设置

① 打开场景中的文件，在顶视图中创建相机，调整相机的位置，如图3-2。

② 切换到前视图，在前视图中调整相机的高度，如图3-3。

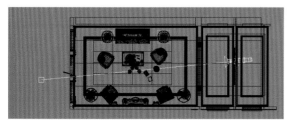

图3-2 相机位置的放置

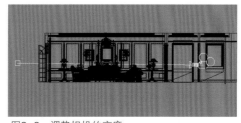

图3-3 调整相机的高度

③ 设置相机的参数，如图3-4。

这样我们就把相机的位置调整好了，切换到相机视图，在透视图中按下快捷键C。相机视图的效果如图3-5。

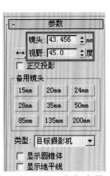

图3-4　设置相机参数　　　图3-5　相机视图

(2) 场景模型检查

相机位置调整完成后，我们需要对相机视图进行测试渲染，这样做的目的是检查场景中的模型是否存在问题。场景中存在较大面积的门窗，因此我们仅仅通过天光就可以完成模型的光源设置。

① 设置全局材质，灰度为200，点击鼠标左键拖拽到Vray全局开关下的覆盖材质，如图3-6。

② 设置渲染参数，在GI下拉菜单中选择首次反弹为发光贴图，二次反弹为灯光缓冲，其他参数保持默认，如图3-7。

③ 设置发光贴图的参数。测试渲染不需要太高的参数设置，因此，我们只需要设定较低的参数就可以完成，从而提高渲染的速度。当前预置设置为非常低，模型细分参数为30，如图3-8。

④ 灯光缓冲参数的设置。细分参数为300，如图3-9。

⑤ GI天光参数的设置，灰度为255，天光参数为2，如图3-10。

模型测试中我们只给了天光，这样进行测试的速度会相对较快，场景中我们给予了覆盖材质。在进行模型检测的时候我们可以通过这样的方法进行，我们也可以通过这样的方法查看阳光效果的光源入射角度。渲染效果如图3-11所示。

图3-6　全局材质的设置

图3-7　GI参数设置

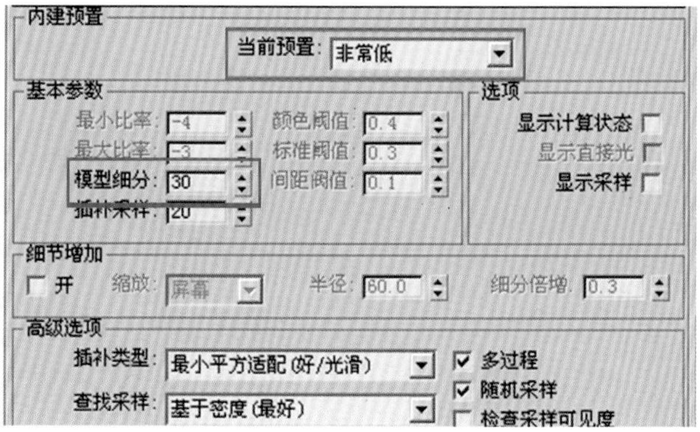

图3-8 发光贴图参数设置

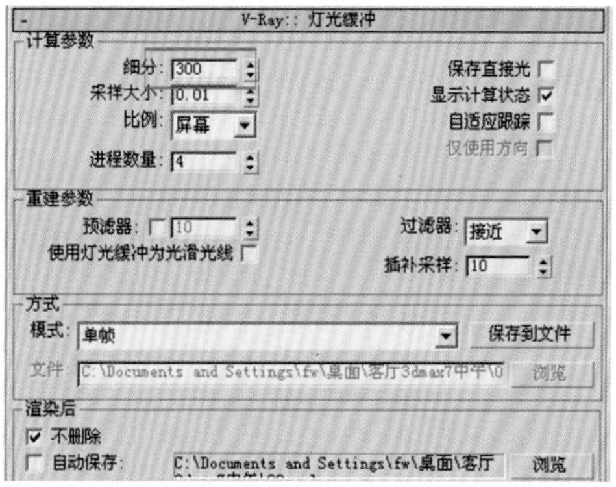

图3-9 灯光缓冲参数设置

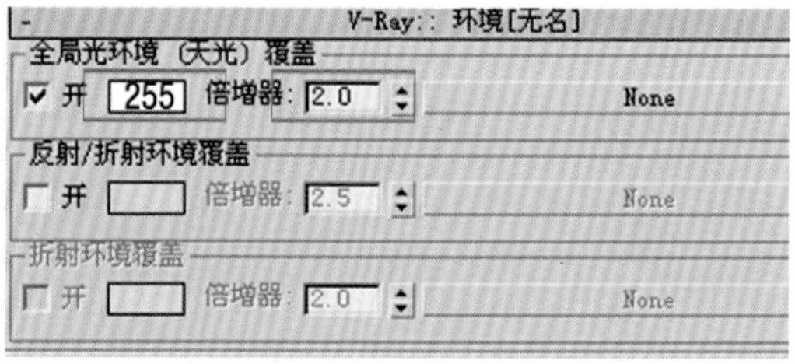

图3-10 天光参数设置

图3-11 渲染效果

3. 材质的设置

我们将场景中材质的设置分为三个部分进行，一部分是直接附在建筑主题上的房屋框架部分材质的设置；一部分是家具材质的设置，如桌子、椅子、沙发、灯具材质的设置；一部分是装饰品材质的设置。

(1) 房屋框架部分的材质设置

① 墙体材质参数设置，如图3-12。效果如图3-13。

② 线条材质的设置。欧式客厅空间按照三段式进行了划分，由此产生了大量的线条，如椅子护板线、檐壁底线和顶线，这些线条的材质设置参数如图3-14。材质的效果如图3-15。

③ 地板材质的设置。首先给地板材质一个漫射贴图，把漫射贴图复制给凹凸，给地板一个凹凸效果，使纹理更加清晰。为了达到真实的效果，在反射的通道里设定衰减，参数如图3-16。

调整地板的高光光泽度和光泽度参数如图3-17。地板材质球效果如图3-18。

④ 壁炉主体材质的设置。先开启一个漫射贴图，在反射中设定一个衰减，参数设置如图3-19。

调整壁炉的光泽度为0.8，参数设置如图3-20。壁炉材质球效果如图3-21。

⑤ 壁炉雕花材质的设置和壁炉主题材质的设置参数是相同的，只是替换了材质，壁炉雕花的材质效果如图3-22。

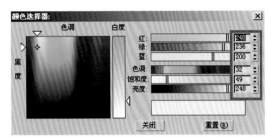

图3-12　墙体参数设置

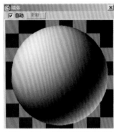

图3-13　墙面材质效果

图3-14　线条材质参数

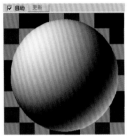

图3-15　线条效果

图3-16　贴图以及衰减参数设置

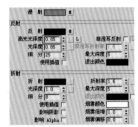

图3-17　高光光泽度和光泽度参数

图3-18　地板材质球效果

图3-19　壁炉材质贴图

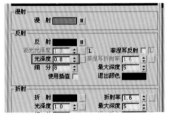

图3-20　光泽度设置

图3-21　材质球效果

图3-22　壁炉雕花材质

(2) 家具材质的设置

本案例的欧式客厅空间中的家具有三种类型的沙发，两种桌子，为了便于区分场景中的材质，我们给空间中的家具编上了相应的号码，如图3-23。

图中标号为"1"的沙发，虽然在造型上不同，但是我们在场景中是赋予的同一种材质。

① 沙发材质的设置。沙发材质是带有花纹纹理的布料，为了达到更好的效果，将漫射通道中的贴图拖拽给凹凸，为了模拟真实的效果，在漫射通道中设定了衰减，参数设置如图3-24。

在沙发材质的衰减通道中选择沙发的纹理贴图，如图3-25。

调整完成后的沙发材质球效果如图3-26。

② 长沙发材质的设置。沙发的颜色参数设置如图3-27。

给沙发材质添加一个凹凸贴图，参数设置如图3-28。

设置完成后，沙发材质的效果如图3-29。

③ 桌子材质的设置。桌子材质的设置参数如图3-30。调整完成后的材质球效果如图3-31。

④ 白色桌子的材质设置相对简单一些。漫反射为白色，同时添加一个衰减贴图，选择菲涅尔反射（Fresnel）类型即可。

⑤ 如图3-32中所示的台灯材质，分为高光大理石材质，黄色瓷器材质和白色灯罩材质。高光大理石的材质与壁炉主体部分的材质是同一种，在这里我们不再做过多的介绍。黄色瓷器材质的设置如图3-33。

调整完成后的材质球效果如图3-34。

灯罩部分的材质我们将在下一盏台灯灯具材质设置部分讲述，这两种灯罩用的都是同一种材质。

⑥ 如图3-35中所示的灯具是欧式客厅空间中的另一个灯具，这种台灯的材质分为两个部分设置，一部分为灯罩，与上一个灯罩的材质相同，另一部分为灯具的支架。

灯罩材质的设置参数相对比较简单，与前面部分材质的设置有着相同的特点，主要就是对漫反射通道中材质的衰减的运用，漫反射的颜色为白色，灰度值为255。

灯架材质的设置参数如图3-36，左边为漫反射颜色的参数，右边为反射颜色的参数。

将光泽度调整为0.6，如图3-37，调整完成后的材质球效果如图3-38。

壁炉两边的壁灯的支架也是这个材质。

图3-23　家具材质编号

图3-24　沙发材质贴图设置

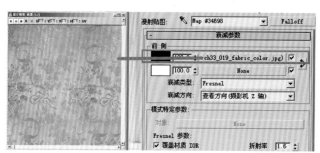

图3-25　沙发纹理材质

图3-26　沙发材质球效果图

图3-27　颜色参数

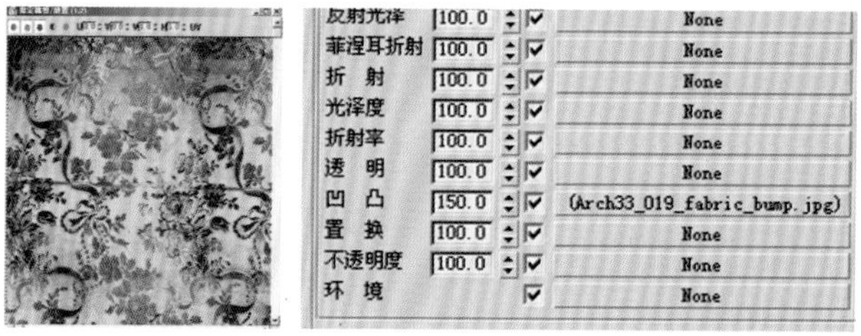

图3-28　凹凸材质的设置

图3-29　长沙发材质球

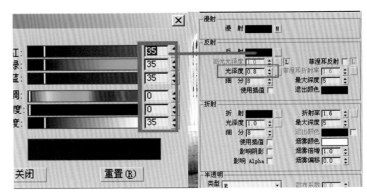

图3-30　桌子材质参数

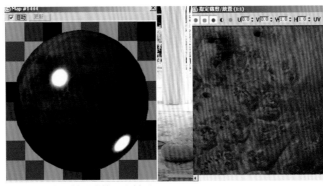

图3-31　桌子材质球效果和材质

图3-32　台灯

图3-33　灯具材质参数设置

图3-34　灯具材质效果图

图3-35　台灯样式

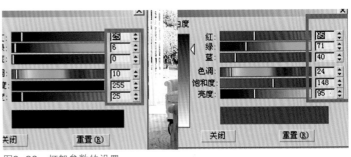

图3-36　灯架参数的设置

图3-37　光泽度参数调整

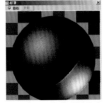

图3-38　灯架材质球

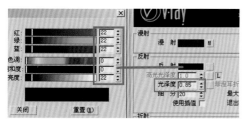

图3-39 花瓶光泽度和反射参数调整

图3-40 材质的裁切应用

图3-41 花瓶材质球效果

图3-42 赋完材质后的效果

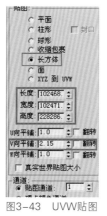

图3-43 UVW贴图参数调整

图3-44 调整后的效果

图3-45 油画材质调整参数

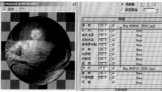

图3-46 材质球效果

(3) 部分装饰品材质的设置

本案例中的欧式客厅空间装饰品主要就是壁炉上的成对花瓶,地毯上随意摆放的书本,桌子上的相框以及墙壁上的油画,在效果图的制作过程中,装饰品是必不可少的部分,可以使空间富有生活的气息,使空间显现得更加饱满。

① 壁炉上花瓶材质的设置。花瓶材质的光泽度以及反射参数如图3-39。

在漫反射通道中给花瓶指定贴图材质,打开贴图中的材质,需要给材质一个裁切应用,选择我们需要的贴图部分,如图3-40。材质的裁切应用在材质的调整中是我们经常用到的工具,以达到我们理想中的贴图纹理。

调整完成后的材质效果如图3-41。

调整完成后我们赋予花瓶材质,发现材质的纹理贴图达不到我们想要的效果,纹理显得杂乱,如图3-42。

下面我们将通过UVW贴图命令来解决这个问题,在透视图中选择花瓶后,单击修改菜单栏,为花瓶添加UVW贴图修改命令,贴图类型选择长方体,调整V向平铺参数,或者可以通过调整长方体的长度、宽度、高度来实现,如图3-43。调整完成后的效果如图3-44。

② 油画材质的设置。光源效果下的油画有着一定程度的反射,客厅的空间是白天效果,通过观察自然世界中真实的反射颜色,我们可以发现,正午时分都是呈现出蓝色的,我们在反射通道中给一个蓝色的反射,参数调整如图3-45。

油画表面有着凹凸不平感的笔触,为了达到理想中的效果,我们需要添加一个凹凸,把漫反射的贴图复制给凹凸,调整后的材质球效果如图3-46。

图3-47 材质调整完成后的效果

切换到摄像机视图，材质调整后的效果如图3-47。

4.灯光的设置

材质调整完成后，我们将进入灯光的设置阶段。案例中，主要就是采用Vray自带的面片光源进行设置。

①按下快捷键8，指定环境的背景颜色，设置其灰度值为255，如图3-48。

②在左视图中添加一面Vray面光源，场景中我们已经做了背景图片，因此在Vray灯光面板的调节参数中勾选不可见，不影响对背景的渲染出图。亮度倍增值为18，调整参数如图3-49。

切换到左视图中，调整位置如图3-50。

切换到顶视图，调整位置如图3-51。

③Vray补光的设置。在每一扇门口的位置添加一面Vray面光源作为场景的补光，并关联复制到另外的两扇门上，切换到左视图中调整位置如图3-52。

切换到顶视图中调整位置如图3-53。调整灯光的灰度值为255，具体参数如图3-54。

灯光的位置和参数调整完成后，场景的光源已经比较充分，测试的渲染效果如图3-55所示。效果图的明度、对比度以及部分细节的调整，我们要在Photoshop中进行进一步的调整。

图3-48　背景颜色设置

图3-49　灯光面板参数调整

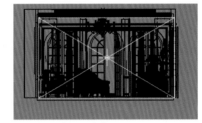
图3-50　左视图中位置

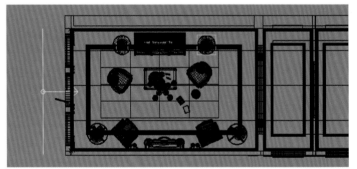
图3-51　顶视图中位置

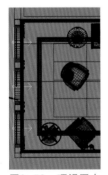
图3-53　顶视图中
　　　　位置

图3-54　灯光参数

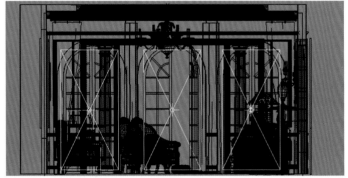
图3-52　补光位置

图3-55　设置灯光之后的效果图

5.渲染参数设置及出图

渲染参数的设置并不是一成不变的公式，要根据自己的机器配置进行调整设置。好的参数设置需要较长的时间，但是会得到较好的效果，因此渲染参数的设置需要朋友们按自己的情况调整。

(1) 灯光的细分

场景中我们共使用了四个Vray面光源，将细分值调整为20。

(2) 渲染参数设置

① 设置渲染图像的大小参数，高度为1200，宽度为1600，如图3-56。

② 设置图像采样，我们选择使用自适应准蒙特卡洛，调整细分的参数如图3-57。

③ 对GI参数进行设置，首次反弹选择发光贴图，二次反弹设置为灯光缓冲，将发光贴图的模型细分参数设置为50，灯光缓冲的细分值设置为1500，如图3-58。

④ QMC的设置，将参数设置得高一点，我们可以得到更好的效果，但是会增加渲染的时间，参数设置如图3-59。

没有提及的参数我们保持默认，最终的渲染效果如图3-60。

图3-56 图像尺寸 图3-57 自适应准蒙特卡洛参数调整
大小

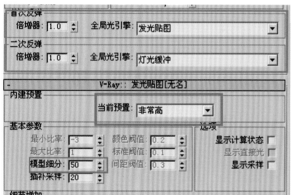

图3-58 GI参数设置

图3-59 QMC参数的设置

图3-60 最终渲染效果

6. Photoshop后期处理

渲染完成后的图片有个别会发灰，整体的对比度达不到我们的要求，我们将在Photoshop里面作进一步的调整以达到我们想要的效果。

① 在Photoshop里面打开渲染完成的客厅效果图，如图3-61。

② 复制背景图层，然后按下Ctrl+M，打开曲线命令进行调整，如图3-62。

③ 调整图像的亮度对比度，如图3-63。

调整到这一步的时候，整体的图像效果如图3-64。

图3-61　Photoshop中打开效果图

图3-62　曲线调整

图3-63　亮度对比度调整

图3-64　调整后的效果

调整到这一步的时候，图片的整体效果要比最初的效果好很多，明度上有了整体的提高，效果图的对比也比较到位，但是我们发现图片的整体色调过于暖，暖黄色调占了很大的比例。因此我们需要继续进行调整。

④ 为效果图添加蓝色照片滤镜命令，如图3-65。

⑤ 选择图片亮部，快捷键为Ctrl+Alt+~，如图3-66。

⑥ 按下Ctrl+J复制出新的图层，添加曲线命令调整亮部，如图3-67。

观察调整完后的效果图，整体亮度对比度已经差不多，效果达到了我们的要求，但是放大后不够清晰，有些模糊，因此我们要对图像进行锐化命令。

⑦ 调整图像的清晰度。回到图层一，执行滤镜－锐化－锐化命令，按下Ctrl+F重复锐化命令。如图3-68。

锐化后的效果如图3-69。

图3-65　照片滤镜命令

图3-66　选择亮部

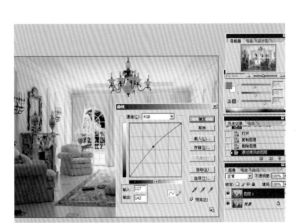

图3-67　亮部曲线调整

图3-68　锐化命令

图3-69　锐化后的效果

⑧ 我们可以给图像的周围一个模糊的效果，把视觉中心放在效果图的中间部位，使用矩形选择工具，将羽化的参数调为15，然后执行反选命令，如图3-70。

执行滤镜－模糊－镜头模糊命令，调整参数如图3-71。

到此，后期处理就完成了。

实际上后期处理的最终效果是根据每个人自己的要求和感觉来决定的，既可以通过照片路径来修改效果图的整体色调，也可以通过亮度对比度强调效果图整体的对比感觉，还可以通过可选颜色来修改整体的色调，或者通过蒙版命令来修改，并不是一成不变的模式，完全可以按照自己的感觉来完成。

调整完成的最终效果如图3-72。

图3-70　矩形选择命令

图3-71　镜头模糊参数

图3-72　最终效果

图3-72
题目：欧式客厅空间
作者：冯伟
年级：05级
学时：10学时

第二节 Vray的光渲染绘图的作品赏析

图3-73

图3-73

题目：起居室设计

作者：刘春鹏

年级：06级

学时：8学时

软件：3dmax Vray Photoshop

■ 地面剖光与磨光的对比，使空间呈现延伸的优美意识。为呼应地面的延展，在顶棚上运用了同样的手法，产生空间上的游离气氛。

图3-74

题目：视听室设计

作者：刘春鹏

年级：06级

学时：8学时

软件：3dmax Vray Photoshop

■ 室内黄与紫的弱对比加上自然的光线与家具弧线的活泼配置，营造出整体柔顺的气氛。

图3-74

图3-75

题目：起居室设计

作者：冯伟

年级：05级

学时：8学时

软件：3dmax Vray Photoshop

■ 注重不同织物的表现，通过和谐的色彩，刻画阳光照耀下温馨浪漫的气氛。

图3-75

■ 该咖啡厅墙面选用淡绿色乳胶漆配以壁画，家具和餐具的绿色与墙面相呼应，柔和的光线烘托了整个空间。

图3-76

图3-76
题目：咖啡厅设计
作者：王晓东
年级：05级
学时：8学时
软件：3dmax Vray Photoshop

图3-77
题目：卧室设计
作者：刘春鹏
年级：05级
学时：8学时
软件：3dmax Vray Photoshop

■ 乳白色的墙面配以金色卷草图案，实木地面与纯毛地毯的刚柔对比，具有理性的现代感。

图3-77

图3-78

题目：男装品牌店设计

作者：王晓东

年级：05级

学时：8学时

软件：3dmax Vray Photoshop

■ 该品牌店，在设计的时候主要考虑它的功用性，即能否摆放更多的衣服。在颜色上追求稳重，在材质上追求简单。墙面与顶棚为白色乳胶漆，地面为黑白根与雅士白搭配的黑白格。

图3-78

图3-79

题目：咖啡厅设计

作者：王晓东

年级：05级

学时：8学时

软件：3dmax Vray Photoshop

■ 此咖啡厅颜色鲜嫩活泼，地面采用防滑黑白地砖，大面积的彩画渲染出一种轻松愉悦的氛围。

图3-79

图3-80

图3-80

题目：阅读区设计

作者：王晓东

年级：05级

学时：8学时

软件：3dmax Vray Photoshop

■ 在阅读区一角里使用了色彩鲜明的家具，为整个空间的亮点。书架选用枫木板饰面，地面为复合地板，墙面与顶棚为白色乳胶漆，光源选用筒灯与吊灯。

图3-81

题目：起居室设计

作者：刘春鹏

年级：06级

学时：8学时

软件：3dmax Vray Photoshop

图3-81

■ 运用大面积饱和颜色，高度的对比使室内充满光感，又有理性的次序感。

图3-82

■ 自然光永远是最好的光源，尤其是从天空照下的天光，随时间的变化塑造出不同的光
影，仿佛光线的游戏，特别自然、清雅。

图3-83	图3-83	图3-84
题目：剧院前厅设计	题目：剧院前厅设计	题目：地铁站入口设计
作者：刘春鹏	作者：刘春鹏	作者：程雅超
年级：06级	年级：06级	年级：06级
学时：8学时	学时：8学时	学时：8学时
软件：3dmax Vray Photoshop	软件：3dmax Vray Photoshop	软件：3dmax Vray Photoshop

■　注重光线与空
间的表现，渲染
出一种轻松愉悦
的氛围。

图3-83

■　注重清晨光线
的表现，使室内室
外相互呼应，特别
自然、清雅。

图3-84

图3-85

题目：茶室设计

作者：刘春鹏

年级：05级

学时：8学时

软件：3dmax Vray Photoshop

■ 整个茶室光源与灯具占了很重要的地位，既要有光又不能刺眼，所以多选用中式灯笼，营造茶室的幽静与神秘。

图3-85

图3-86

题目：卧室设计

作者：程雅超

年级：06级

学时：8学时

软件：3dmax Vray Photoshop

■ 这是一个充满阳光的小屋，午后的阳光静静地照着这个小屋的一切，软软的床垫，温馨的地毯，一切都那么简单，却很舒适。

图3-86

图3-87

题目：卧室设计

作者：刘春鹏

年级：05级

学时：8学时

软件：3dmax Vray Photoshop

■ 紫红色的樱桃木，有稳重、富贵的感觉，重色与灯光对比而显得较明亮出色，再配以红、黄的织物使室内更加灿烂辉煌。

图3-87

图3-88

■ 这个舒适典雅的洗手间是一个欧式现代别墅设计的一部分。希望进入该空间的人可以感受到一种喜悦和享受。

图3-89

图3-88
题目：西班牙风格的洗手间
作者：程雅超
年级：06级
学时：8学时
软件：3dmax8.0　Vray1.5
　　　PhotoshopCS4

图3-89
题目：现代风格的餐厅
作者：程雅超
年级：06级
学时：8学时
软件：3dsmax8.0　Vray1.5
　　　PhotoshopCS3

■ 不同的同心圆是该空间的基本符号，而整个空间抬高了一部分，将主体的餐饮空间强调了一下。而两侧分割线起到了装饰的作用，洗手间采用的是圆形的形态，和餐饮空间的方形相对比，使整个空间显得活泼灵动。

图3-90

■ 将一个餐厅至于空间的主体位置，配饰与空间形成一个很好的配合。

图3-90

题目：西班牙风格的餐厅

作者：程雅超

年级：06级

学时：8学时

软件：3dsmax8.0 Vray1.5 PhotoshopCS4

图3-91

题目：影院设计

作者：程雅超

年级：06级

学时：8学时

软件：3dsmax8.0   Vray1.5
　　　PhotoshopCS3

图3-91

■ 该影院处于一个会所内部，户主有大量的希区柯克的影片，因此不能由一个视听影院来同时展示大量的作品，只有通过这种不同影幕来展示。每个椅子前配有无线耳机，可以互不干扰地来欣赏影片，而且影幕也起到了分割空间和引导游客的作用。

图3-92

题目：Melted Star（融化的星星）

作者：栾超

年级：06级

学时：20学时

软件：3dmaxPhotoshop　《International Design Award 2009 三等奖》

■　你可曾想像过坐在一团光中的感觉？由内置微电脑、液晶大屏幕的太阳能沙发——Melted Star（融化的星星）沙发提供你一切需求。

通过更新不同的程序，Melted Star 可以实现不同的功能，如健康状况、显示时间、照片、天气等。

Melted Star创意：未来应该是更高科技的，也更人性化的。Melted Star 在提供星星般闪烁的外观的同时，也提供软软的触感与体贴的功能，在科技中寻找人文。

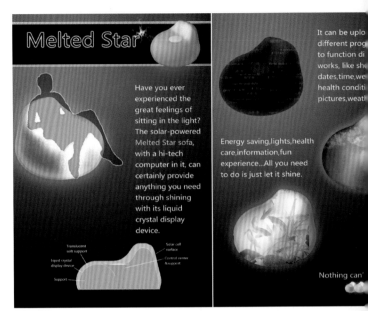

图3-92

图3-93

题目：办公空间的休息区设计

作者：陈洋

年级：06级

学时：8学时

软件：3dsmax8.0　Vray1.5 PhotoshopCS3

■　此空间为办公空间的休息区设计，具有简单的就餐、休息功能。同时也提供小型的沟通交流的场所。职员可以在这里对食品进行简单的加热，也可以在这里享受一杯咖啡，作为工作中的小憩。休息区的设计采用了以木质和布料为主的环保型材料。墙体采用可塑性材料，仿生物肌理。主体颜色偏暖，让人得到充分的放松。

图3-93

图3-94

题目：大户型卧室设计

作者：齐北辰

年级：06级

学时：8学时

软件：3dsmax8.0　Vray1.5 PhotoshopCS3

■　这是一个大户型设计的卧室。设计风格在简约的基础上，局部融入地中海元素，例如在阳台铺了一些鹅卵石。色彩以地中海夜景特有的蓝紫色与黄色形成对比。在材料上，墙面局部贴壁纸，地面用实木地板，使整个空间更具亲和力。床头挂具有具有地中海风情的配饰。

图3-94

图3-95

图3-95

题目：雍景四季书房设计

作者：齐北辰

年级：06级

学时：8学时

软件：3dsmax8.0　Vray1.5　PhotoshopCS3

■　这是一个简约的书房设计。最大的特点是吊顶部分的处理，在吊顶中部运用镜面装饰，增加整个空间的趣味性。在窗框上部做了一个层板，使业主可以将平时无用的书籍杂志存放在上边，既充分利用空间又能装饰空间。房间色彩简单，采用暖色墙面配以深色的家具，对比强烈，整个空间显得幽雅而清馨。

图3-96

题目：大户型卫生间设计

作者：齐北辰

年级：06级

学时：8学时

软件：3dsmax8.0　Vray1.5

　　　　PhotoshopCS3

■　这是一个大户型设计的卫生间台面。整体采用地中海风格，因而以蓝白为主要色彩。墙面采用蓝色马赛克，台面和镜框用白色的马赛克装饰。

图3-96

图3-97

■ 这是一个卫生间。在空间上，本设计大胆地打通了卫生间与卧室间的隔墙，使业主在沐浴的同时还能观察到卧室内的情况，增添了业主的生活情趣。卫生间采用混搭的风格，在简约的整体基调上局部加入少许中式及西方古典元素，水晶灯和中式隔断为整个空间增添韵味。

图3-98

■ 通过同类色的弱对比，来表现午后温馨的阳光。

图3-97
题目：雍景四季卫生间设计
作者：齐北辰
年级：06级
学时：8学时
软件：3dsmax8.0　Vray1.5　PhotoshopCS3

图3-98
题目：起居室设计
作者：冯伟
年级：05级
学时：8学时
软件：3dmax8.0　Vray1.5　PhotoshopCS2

图3-99   图3-100

图3-101

图3-102

图3-99

作品名称：中式客厅

作者：徐晓明

年级：05级

使用软件：3dmax2008 Vray1.5 PhotoshopCS3

中式客厅：客厅为中式后现代风格的设计，无论从家具到装饰都选用的现代改良的中式风格，方形的水晶吊灯也配合主题，使整个空间很统一协调。

图3-100

作品名称：中式餐厅

作者：徐晓明

年级：05级

使用软件：3dmax2008 Vray1.5 PhotoshopCS3

中式餐厅：顺延客厅的风格设计

图3-101

作品名称：视听室

作者：徐晓明

年级：05级

使用软件：3dmax2008 Vray1.5 PhotoshopCS3

视听室：视听室位于地下一层，仅有一个采光的窗户，空间布局上把餐桌放在了采光的地方，增加了整体空间的通透效果。家具选用的多是白色系的，使空间显得较为明亮。

图3-102

作品名称：视听室

作者：徐晓明

年级：05级

使用软件：3dmax2008 Vray1.5 PhotoshopCS3

第四章 Sketchup应用在室内设计中的绘图步骤

第一节 Sketchup的绘图步骤

人们常说用设计点亮我们的生活，而设计的灵感则来自于无穷无尽的想像力。TOY BAR主题快餐店的设计，就是把玩具这个主题元素进行了设计与运用，用设计语言表达餐厅的主题，营造出设计师所想营造的环境，从而为大家呈现出一个童话般的主题餐厅。图4-1、图4-2。

图4-1

图4-1
作者及步骤供稿：孟晨超
题目：TOYBAR主题快餐店设计
年级：05级
学时：30学时
软件：Sketchup Photoshop
　　　和成新人杯全国设
　　　计大赛一等奖

快餐店整体效果图

快餐店局部效果图

图4-2

TOYBAR主题快餐店设计CAD原始平面图

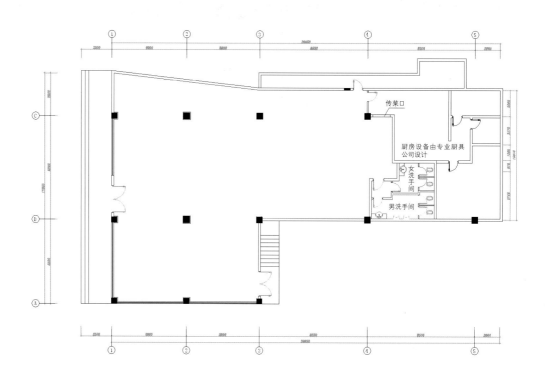

1. 进行主题餐厅平面布置

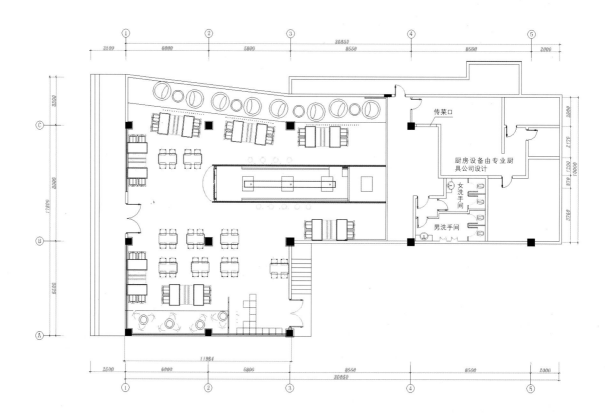

2. 下面是进行SKP建模，此次用的版本为SKP7.0

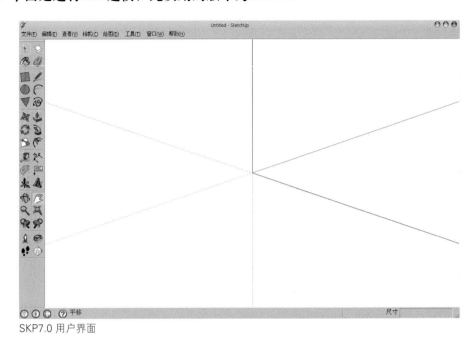

SKP7.0 用户界面

3. 进行SKP单位设置（进行单位设置是为了方便拖入CAD平面图后尺寸保持一致）

窗口-模型信息-单位-十进制-毫米-0.0mm

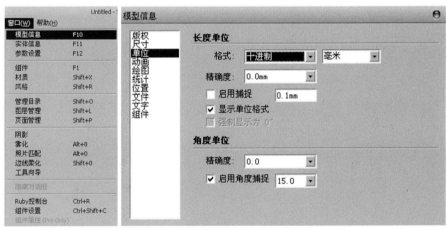

单位设置

4. 导入CAD

文件–导入–建筑平面图（注意选择文件类型为DWG格式）

5. 导入CAD后即行调整，去除杂乱线条

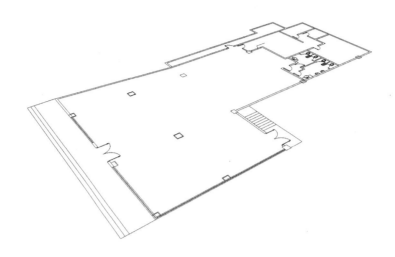

6. 用直线工具封闭所有图形为面，一定要封闭所有图形

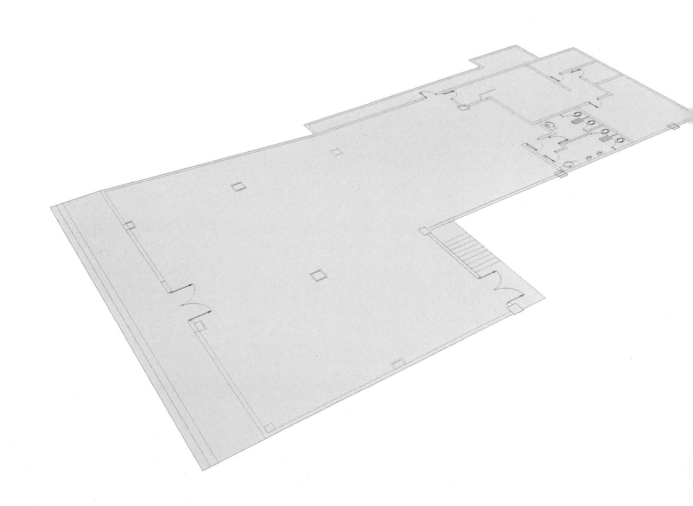

7. 用拉伸工具将墙体拉起

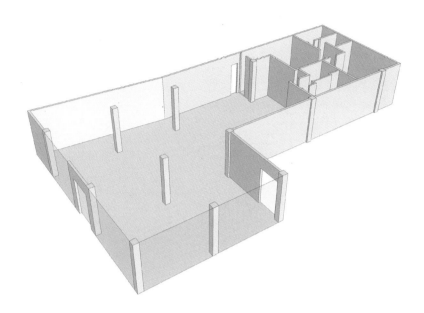

8. 为了使我们制作时更快更方便，我们把室内物件进行单独建模，做完后再拖回整体模型

在尺寸定下来的情况下，进行柱子单体建模，并赋予材质。

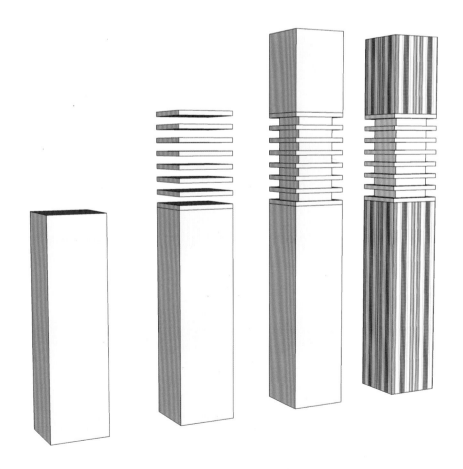

9. 屋内装饰杆的制作

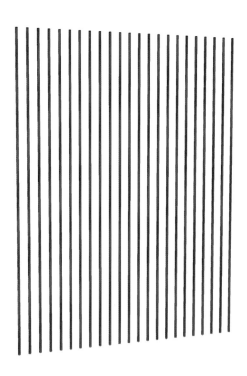

10. 造型隔断的制作，在矩形板子上画出错落有致的原型，用推拉工具将圆推空

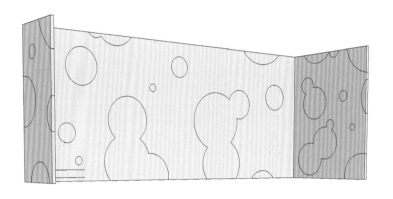

11. 将做好的单体构件移入室内，并整体赋予基础材质

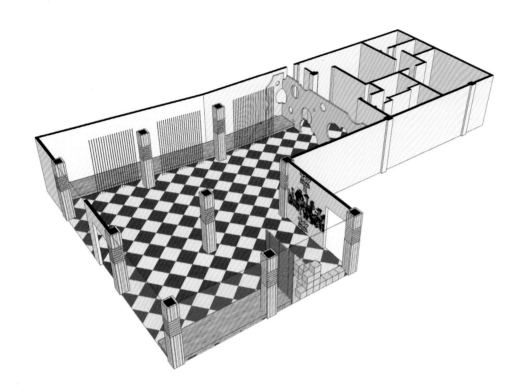

12. 下面进行车体模型的建立，在确立三视图的基础上，推拉出车体模型

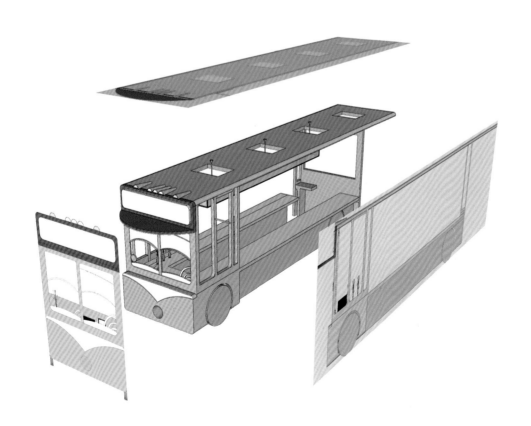

13. 进行车体内外部局部装饰，并赋予材质，创建群组

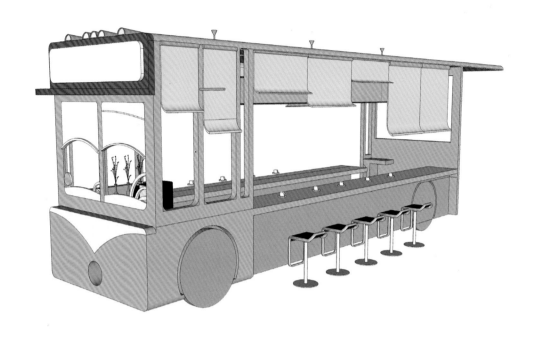

14. 导入车体模型

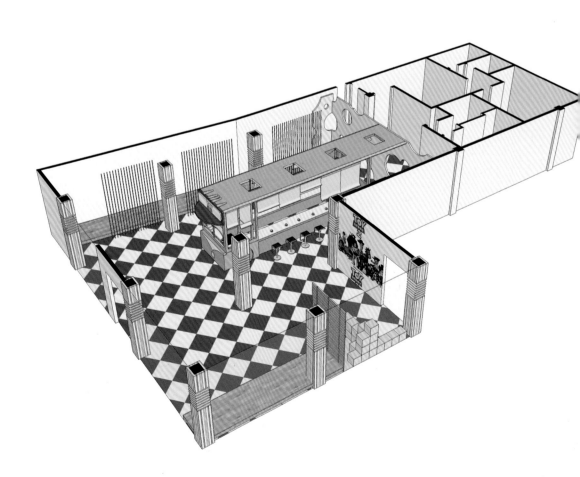

15. 餐厅特色椅子制作1

16. 餐厅桌子制作，组合成组并配上餐具

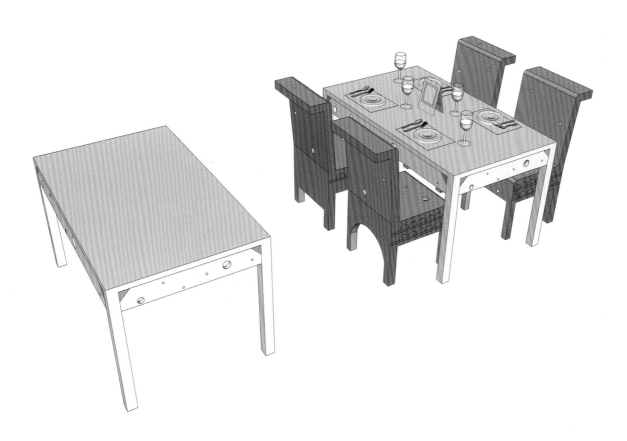

17. 餐厅特色椅子制作2

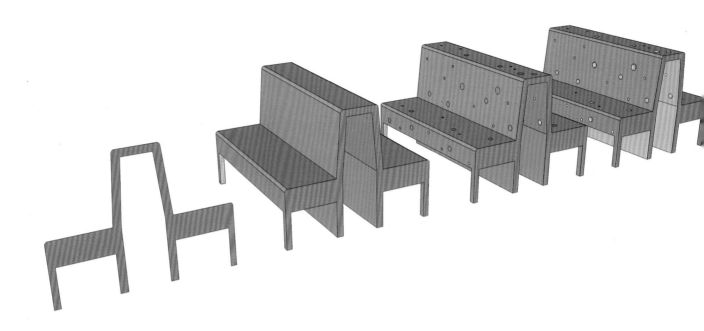

18. 进行其他桌椅组合，并配上餐具及灯饰

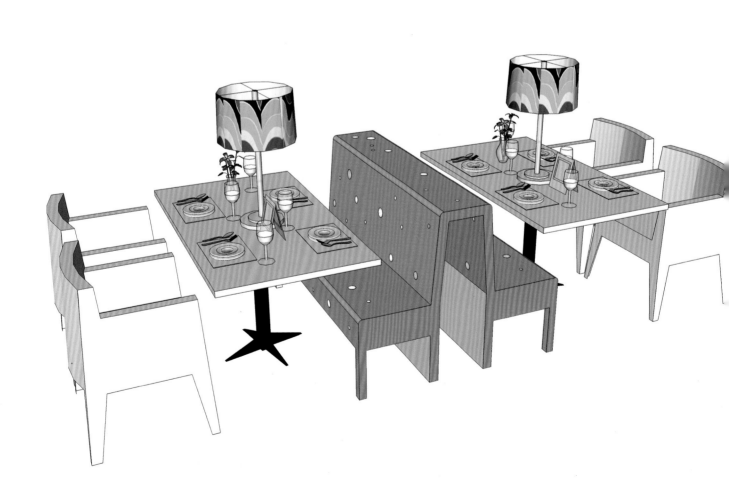

19. 组件的调用

20. 从建立墙体模型到最终摆放家具完毕

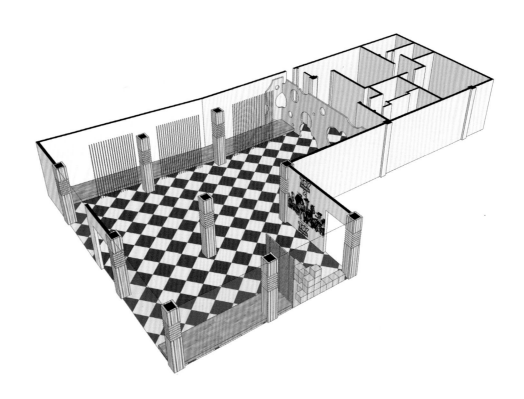

21. 进行SKP大规模模型制作，最关键的是把整体模型分解开来制作，完后再组合到一起，这样可以将建模速度提高很多

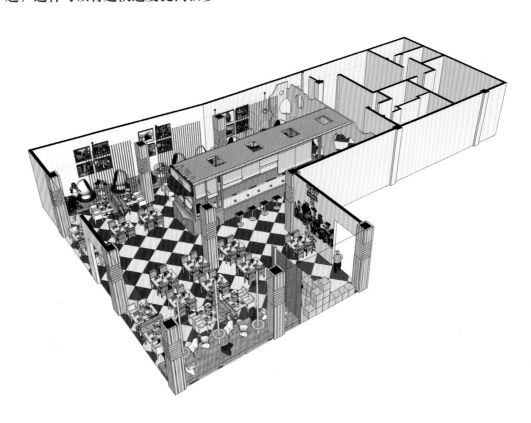

22. **下面进行外立面制作**

首先是室内吊顶的制作。

将室内顶部封上，并进行局部的划线处理。

23. **在吊顶上挖洞，并进行等距离复制，中心区域进行向上的推拉**

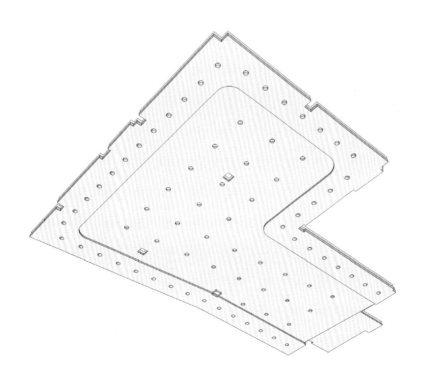

24. 将屋顶盖在主题餐厅室内建筑上

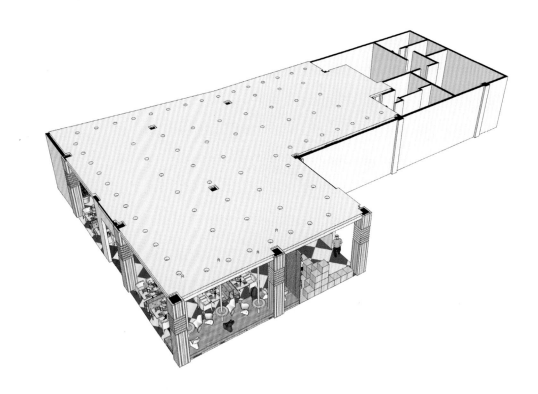

25. 正立面的确立

26. 在整个立面确立后进行SKP的制作

为了提高建模速度，先把室内模型全部隐藏，以达到模型最佳的状态。

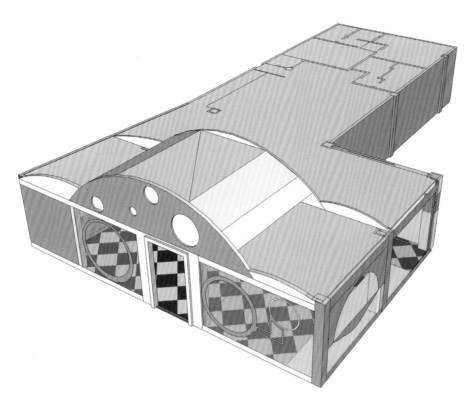

27. 丰富模型外观

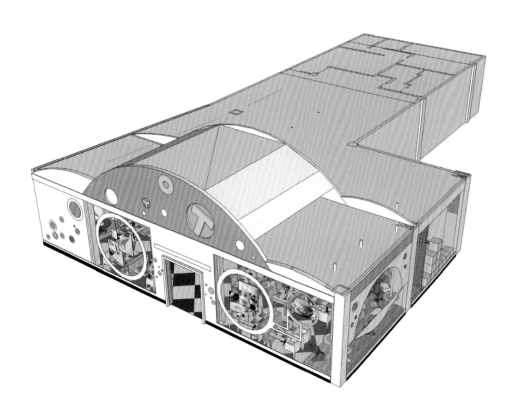

28. 局部构建的制作

立面招牌的制作，用SKP线条工具从普通图片中抠出你想要的图形。

29. 灯箱的制作

30. 门的制作，建立起门的外框后添加门把手、标志以及装饰条幅

组合好后，进行群组，并复制出一个进行镜像达到最终效果。

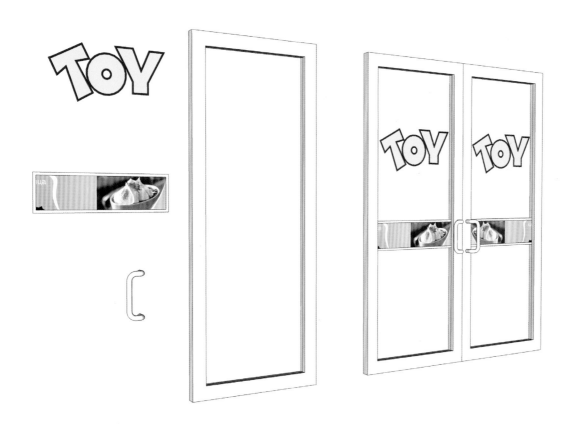

31. 剩余零部件

32. 餐厅整体外观组合,将外部零件组合到建筑外观上达到最终效果

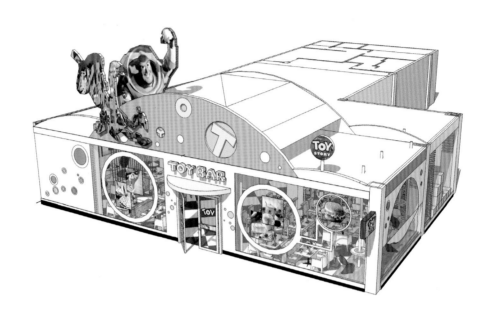

33. 外部组件的调用

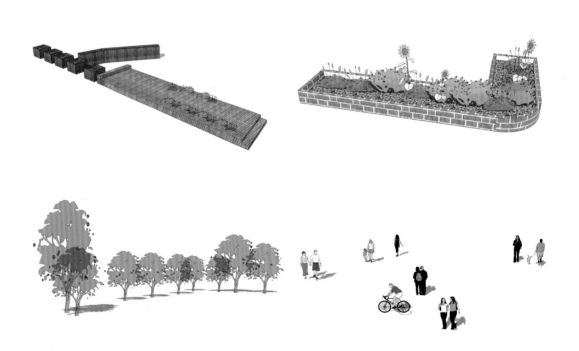

34. 餐厅外观的配景

35. 餐厅外观最终效果

第二节　Sketchup绘图的作品赏析

图4-3

■　中央一条弧线墙将空间分为对内和对外两层。一面为对外空间：接待处、展示休闲区、样板间、会议室；另一面为内部使用空间：绿色、木色、白色为主色调，圆形为基本元素。接待台背景墙分为两部分，一组长条木形成弧形的屏风，圆形灯箱采用树皮肌理和向日葵线描图案，传达了业主的企业理念：本色、质朴、向上。

图4-4

■　接待休息区采用弧形+不规则的靠背沙发作为休息区设施，电视多媒体展示企业文化及作品，远处为会议室。

图4-3	**图4-4**
名称：Fatleaf　动漫工作室	名称：Fatleaf　动漫工作室
作者：檀子惠	作者：檀子惠
年级：06级	年级：06级
学时：4学时	学时：4学时
软件：Sketchup	软件：Sketchup

图4-5

■ 充满阳光的展示休息洽谈处。

图4-5	图4-6
名称：Fatleaf　动漫工作室	名称：Fatleaf　动漫工作室
作者：檀子惠	作者：檀子惠
年级：06级	年级：06级
学时：4学时	学时：4学时
软件：Sketchup	软件：Sketchup

■ 十人开敞办公室尽量使整个办公空间充满阳光，采用大开窗，
以木色、绿色、土黄色作为色彩搭配。

图4-6

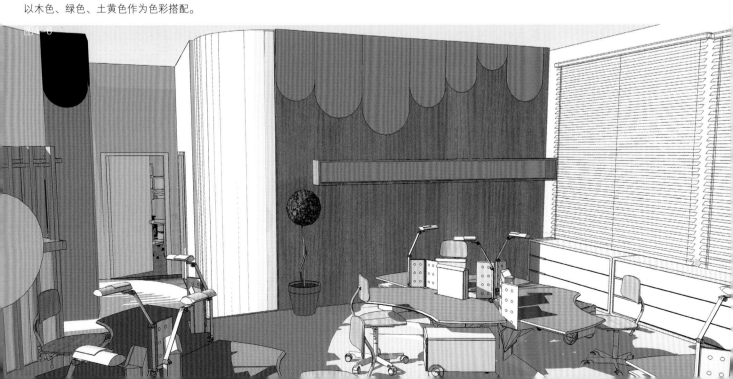

图4-7

■　资料室采用挑高空间，楼下为文印室。栏杆采用木栅栏的形式，大大小小的圆形元素点缀，不仅与整个空间呼应，也使空间活泼起来。

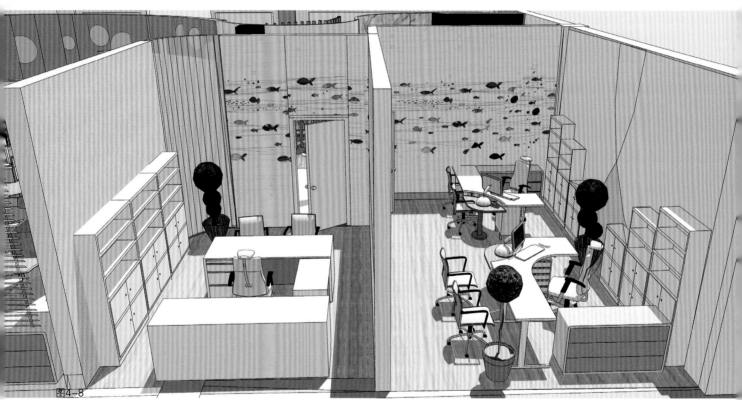

图4-8

■　依然是木质地板白色墙壁，唯独不同的是墙上的小鱼，游动的小鱼贯穿了经理室和副经理室，使空间活泼起来。

图4-7
名称：Fatleaf　动漫工作室
作者：檀子惠
年级：06级
学时：4学时
软件：Sketchup

图4-8
名称：Fatleaf　动漫工作室
作者：檀子惠
年级：06级
学时：4学时
软件：Sketchup

图4-9

名称：natural　garden

作者：檀子惠

年级：06级

学时：4学时

软件：Sketchup

图4-10

名称：natural　garden

作者：檀子惠

年级：06级

学时：4学时

软件：Sketchup

图4-9

■　拱形门和栅栏元素的采用以及入口休息区花草椅凳的选择意在营造清新、
自然的田园氛围。期待给人优雅的享受，期待每一步都是景致。

■　设计说明：入口休息处采用田园的元素，木栅栏、花园椅、吊兰、小花坛，意
在形成小花园的氛围，阳光照来，给休息在此处的客户一种温馨惬意的感觉。

图4-10

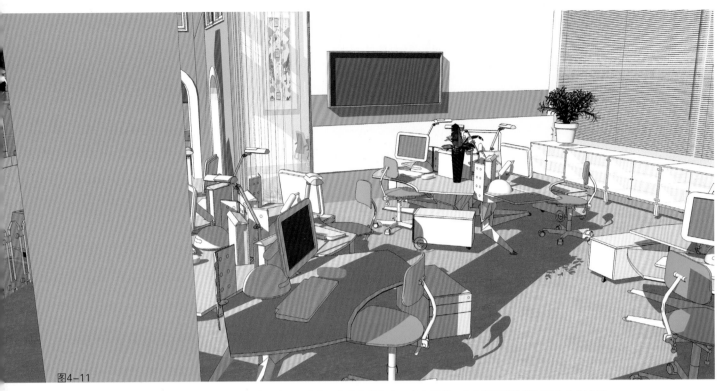

图4-11

■ 十人开敞工作室，采用浅木质地板，木色办公桌，绿色椅，灰绿色的柱子，意在形成一个充满轻松愉悦氛围的办公空间。

图4-12

■ 从办公人员的角度看室内布置，近处的浅灰色调+远景的灰绿色+黄色、粉色点缀，让人心情愉悦轻松的同时又不给人乏味的感觉。

图4-11	图4-12
名称：natural garden	名称：natural garden
作者：檀子惠	作者：檀子惠
年级：06级	年级：06级
学时：4学时	学时：4学时
软件：Sketchup	软件：Sketchup

图4-13

名称：natural　garden

作者：檀子惠

年级：06级

学时：4学时

软件：Sketchup

图4-14

名称：sorority

作者：檀子惠

年级：06级

学时：4学时

软件：Sketchup+Photoshop后期

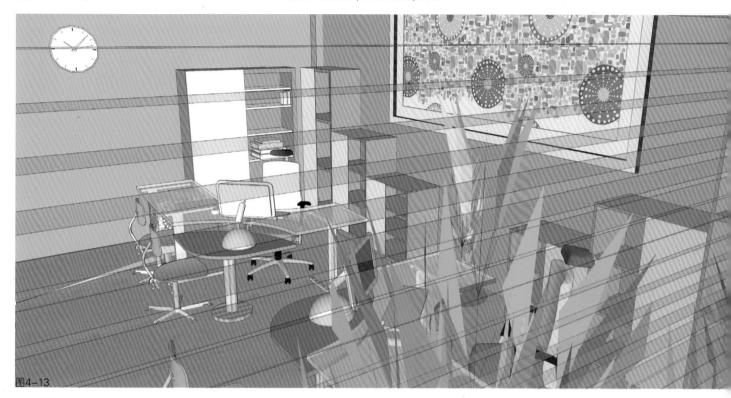

图4-13

■ 副经理室以蓝色为主题，简约的办公家具采用灰白搭配配色，装饰画与绿色植物为空间增添了生气。

图4-14

■ 弧线形的吧台给人以流畅的视觉感受。

图4-15
名称：sorority
作者：檀子惠
年级：06级
学时：4学时
软件：Sketchup+Photoshop后期

图4-16
名称：sorority
作者：檀子惠
年级：06级
学时：4学时
软件：Sketchup+Photoshop后期

图4-15

■ 这是一家酒吧入口处的外景，以彩色的弧形板装饰。

图4-16

■ 尽量封闭的酒吧入口，希望人们进入时是怀着进入一个神秘空间的心情。

图4-17

■ 这是一个女性会所的酒吧吧台空间，采用粉紫作为主色调，希望在灯光下给人以神秘却具女人味的感觉。弧形变幻的顶棚，弧线的吧台，希望给来这里的女性朋友营造一种梦幻似的空间。

图4-18

■ PS后期模拟灯光的效果，玻璃制的吧台台面，闪烁的水晶灯，希望可以给人带来不同的体验。

图4-17

名称：sorority

作者：檀子惠

年级：06级

学时：4学时

软件：Sketchup+Photoshop后期

图4-18

名称：sorority

作者：檀子惠

年级：06级

学时：4学时

软件：Sketchup+Photoshop后期

公司的设计以简洁时尚为主，前台和接待室被设计在入口处，这样便可以让人在第一时间深切地感受到公司活跃的设计氛围。接待区是个半遮蔽空间，以半透明的玻璃条为遮挡，不仅起到了隔断作用，而且有空间装饰作用。

图4-19

图4-19

名称：自由角度游戏设
计公司办公空间
设计

作者：陈婷婷

年级：06级

学时：4学时

软件：CAD Sketchup
Photoshop

图4-20

名称：自由角度游戏设
计公司办公空间
设计

作者：陈婷婷

年级：06级

学时：4学时

软件：CAD Sketchup
Photoshop

图4-20

公司充满现代感的设计空间和具有冲击力的色彩——会议厅的设计以黑、白、橘色为主，强烈张扬的色彩搭配给人一种积极向上的印象。

图4-21
名称：自由角度游戏设
　　　计公司办公空间
　　　设计
作者：陈婷婷
年级：06级
学时：4学时
软件：CAD　Sketchup
　　　Photoshop

图4-22
名称：自由角度游戏设
　　　计公司办公空间
　　　设计
作者：陈婷婷
年级：06级
学时：4学时
软件：CAD　Sketchup
　　　Photoshop

图4-21

■ 从走廊看会议室的效果。

■ 会议室内部，黑、黄、红的对比效果。

图4-22

■ 走廊，各个工作空间的颜色和造型元素都是相互呼应的，看似不规则的造型相互关联，又显得井井有条。

图4-23

图4-23	图4-24
名称：自由角度游戏设计公司办公空间设计	名称：自由角度游戏设计公司办公空间设计
作者：陈婷婷	作者：陈婷婷
年级：06级	年级：06级
学时：4学时	学时：4学时
软件：CAD Sketchup Photoshop	软件：CAD Sketchup Photoshop

■ 副主任室的设计和其他房间的风格一致，简洁不失趣味。无时无刻不在散发着设计的魅力，设计感强烈的墙面壁纸，加之墙上不规则形状的储物展示柜，都体现了当下设计流行的走势。

图4-24

图4-25

名称：自由角度游戏设计公司办公空间
　　　设计
作者：陈婷婷
年级：06级
学时：4学时
软件：CAD　Sketchup　Photoshop

图4-26

名称：自由角度游戏设计公司办公空间
　　　设计
作者：陈婷婷
年级：06级
学时：4学时
软件：CAD　Sketchup　Photoshop

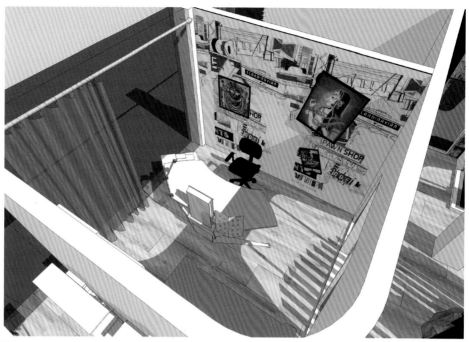

图4-25

■ 设计师办公室的面积比较小，所以没有安排过多的家具，前卫、简洁的设计给人留
下深刻的印象。

■ 主任室摒弃了一贯的做法，讲究设计的前卫现代，体现了公司设计至上的理念。

图4-26

图4-27

名称：自由角度游戏设计公司办公空间
　　　设计
作者：陈婷婷
年级：06级
学时：4学时
软件：CAD　Sketchup　Photoshop

图4-28

名称：自由角度游戏设计公司办公空间
　　　设计
作者：陈婷婷
年级：06级
学时：4学时
软件：CAD　Sketchup　Photoshop

■　办公间的设计比较现代，但是不失个性化，组合的办公家具和个人空间划分得恰到好处，家具的色彩依然体现出了公司的标志颜色，黑、白、橘黄三色的搭配显得时尚。办公区内设有个人的储物柜和集体的储物柜，并且用小黑板分割了大的办公区，既实用又达到了分割的目的。用小黑板取代了隔断墙，还带有些许的童趣，而且避免了空间显得拥挤。在办公间内的承重柱上做了一个多媒体，这样可以让公司的设计师们方便地看到自己做的游戏成果，或者第一时间了解国内外的游戏设计动态。

■　办公区和餐饮区以一段隔断墙而划分开，这段隔断墙不仅起到了划分空间的作用，也可作为一个书柜使用，充分利用了空间。

图4-28

图4-29

■ 使用Sketch软件做出整个模型，添加光影。为形成内部的通透感，将内部的文件柜另外导出线稿效果图，在PhotoShop中添加进整体效果图中。

图4-29

名称：办公空间设计

作者：李伟浍

年级：06级

学时：4学时

软件：Sketchup Photoshop

图4-30

名称：咖啡厅外观设计

作者：李莎

年级：05级

学时：16学时

软件：Skechup Photoshop

图4-30

■ 都市休闲咖啡厅设计，使用Skechup作图软件起稿建模，运用材质表现出建筑的不同质感。后期使用Photoshop处理，营造整个咖啡厅休闲、娱乐兼具童真趣味的环境氛围。

图4-31

图4-31
名称：办公空间走廊
作者：李伟涤
年级：06级
学时：4学时
软件：手绘线稿+Photoshop填色

■ 手绘线稿后在Photoshop中使用手绘板上色，省略墙面色彩，通过调整廊道顶棚与地面的色彩使工作室内形成富有变化和轻松的效果。

图4-32 图4-33 图4-34
名称：别墅
作者：李伟涤
年级：06级
学时：8学时
软件：手绘线稿+Photoshop填色

■ 手绘线稿后在Photoshop中使用手绘板上色，通过不断提高色彩艳度和调整笔触变化，烘托出别墅内富有情趣的空间气氛。

图4-32

图4-33

图4-34

第五章 实景照片结合计算机绘图

第一节 实景照片结合计算机绘图

1. 本节概论

　　对于建筑师和设计师来说，如果能将一个3D造型嵌入到一幅已存在的照片中，那么在向客户作演示时尤其有用。将建筑物"放"在计划的位置上，用户可以看到建筑物与环境配合的真实效果，3D造型的功能使得建筑师不必用手工的方法将建筑物绘制在照片上，而可以用数字化的方法将影像移到照片上。这一过程允许设计师首先将计算机生成的影像叠加在照片之上，然后调整影像，使它与照片的对比度和色彩吻合。现在的3dmax更进一步简化了照片替换和透视控制的工作，这是通过新增加的"照相机控制"来实现，通过操纵物件的放置，以达到物件和背景影像一致的效果，图5-1。

图5-1

2. 优点

　　设计师会发现，多数项目可适合于采用摄影的方法，而不需要建立场地的造型。当图像中要求用特定的景致或现存的建筑物时，计算机艺术家通常会选择使用照片。制作3D场地的工作非常耗时，因为场景不仅要占用网格模型文件中大量的面，而且还会大大增加渲染的时间。尽管3D的树木和植物对于动画应用已经足够了，但是在静止影像中，仍希望使用比3D世界现有的效果更好，更具真实感的植物。有些效果图的作者，包括作者本人在内，宁可使用树木和植物的照片，将它们蒙到或复制到最终的影像上。尽管采用这种方法得到的效果图质量较高，但艺术家应仔细处理与已有的3D影像的视角和光影匹配。设置空中照片的前景和背景可能尤其花时间，但是通过在照片上放置建筑物，设计者可以减少造型所需花费的时间，把精力集中在主要的构图上，图5-2。

3. 不足

　　不幸的是，用户可能会受到场所现有照片质量的限制，以及往照片上配放3D造型的局限的影响。尽管由于成本上的原因，不可能总是雇佣专业摄影师拍摄主要的照片，但对于多数项目而言，一张普通的照片是远远不够的。在决定使用照片之前，一定要确保建筑物的主要视角不被别的物件遮挡住，如植物或其他建筑物，这会妨碍照片的拍摄。目标应该是获得3D造型的最好的透视角度。读者永远也不要使用不合适的照片。相反，计算机艺术家此时宁可输入全部的场景。请记住，建筑物是主要的对象，在效果图中也应是中心。计算机效果图的一个好处是可以从3D造型中创建多个不同的视图。而在照片上配放3D造型的方法注定了效果图只能是一幅静止图像，除非在同一个场景拍摄多幅照片。

图5-2

《国家电力调度中心》北京建筑设计研究院四所，本设计采用方正规整的平面布局以最大限度适合办公建筑的使用性质，同时规整中求变化，立面分格灵活多变，外墙透明玻璃由下向上倾斜由钢架承托，造型新颖，气魄宏伟，外观高耸挺拔。

图5-2

第二节　实景照片结合计算机绘图的作品赏析

图5-3

作者：郝一萍

材料：水彩 水彩 电脑合成

尺寸：240mm×300mm

学时：6学时

步骤：绘制单体建筑效果图，

　　　将手绘建筑添加到已准备好的鸟瞰图中，

　　　使用Photoshop处理周边环境。

感想：在手绘阶段，注意建筑的光影、整体色调，使其尽量符合原始

　　　鸟瞰图；处理周边环境，也要符合鸟瞰图的透视、色调、光影。

图5-3

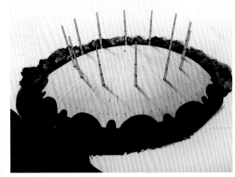

图5-4a 需要添加的图片

图5-4
作者：王健
年级：年级08
材料：水彩纸 马克笔 彩铅
尺寸：A3
学时：12学时
步骤：先用铅笔描绘出图的基本线稿，用马克笔将整个画面涂满，
　　　最后用彩色铅笔描绘细节，并且逐步深入。

图5-4b 加入图片后的整体效果

图5-5

图5-5

作者: 陈曦

年级: 艺设08

尺寸: A3

材料: 水色 水彩纸 电脑

步骤: 做景观鸟瞰图时已经有了原来的鸟瞰图, 可以先试着将设计的草图扫描后通过Photoshop处理贴入原鸟瞰图, 然后用绘图纸仔细地将设计图拓出来, 用马克笔配合彩铅上色, 将画下来的图用Photoshop并入原图中。

感想: 作图的关键是要设计的景观的色调和透视与原图片十分相近才行, 然后通过电脑处理将两张图找到一个比较合适的结合点, 由于原图色调比较灰, 所以在用马克笔绘图的时候, 关键是懂得处理灰色调, 不能太艳, 但也要有颜色合理的变化。

图5-6

图5-6

作者: 邹国民

制作材料: 水彩纸 针管笔 水色 Photoshop

尺寸: A3

步骤: 就现实的建筑大背景, 再设计合适的想表现的景观设计的主景, 针管笔绘制线稿, 水色上色, 最后扫描仪扫描, 导入电脑合成。

感想: 合成的效果最难, 因为要满足真实照片背景的需要, 手绘时颜色比较难以把握, Photoshop倒没什么问题, 简单的抠图、修图、调色便完成了。

图5-7

图5-7

作者：刘明泽

材料：水彩纸 马克笔 水色 彩铅

尺寸：A3

学时：12学时

步骤：先用铅笔描绘出图的基本线稿，用马克笔将整个
　　　画面涂满，最后用彩色铅笔描绘细节，并且逐步
　　　深入。

图5-8a　原图

图5-8

作者：崔宏芳

年级：艺设08

学时：4课时

尺寸：A4图纸（210mm×297mm）

材料：水色 水彩纸

步骤：1. 用硫酸纸拓在原图上找好透视点，在要进行改
　　　　 造的地块上进行设计改造；

　　　2. 将改造好的图复印于水色纸上，用水色上色；
　　　　 与原图光源统一，上完色后扫描到电脑；

　　　3. 将改造好的图用Photoshop与原图结合，用
　　　　 图像调整使改造图与原图尽量和谐统一。

感受：改造方案地一定要和周围的环境协调统一，无论
　　　从视角、色调，还是整体规划上。

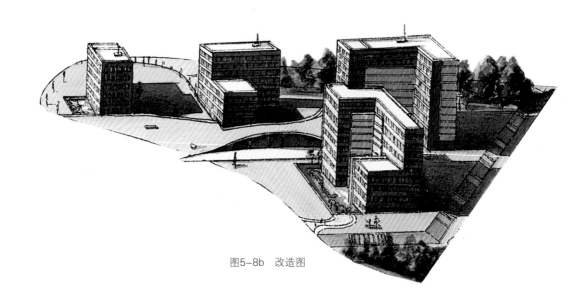

图5-8b 改造图

图5-8c 改造后

主要参考文献

1. 郑曙旸 主编. 室内表现图使用技法. 中国建筑工业出版社, 1991

2. 张绮曼, 郑曙旸 主编. 室内设计资料集. 中国建筑工业出版社, 1991

3. 江苏省建筑工程局组织编写. 建筑室内装饰说图. 中国建筑工业出版社, 1992

4. (美) R.麦加里, G.马德森 著. 白晨曦 译. 美国建筑画选. 中国建筑工业出版社, 1996

5. 刘铁军, 杨冬江, 林洋 编著. 表现技法. 中国建筑工业出版社, 1999

6. (美) R.S.奥列佛 著, 杨径青, 杨志达 译. 奥列佛风景建筑速写. 广西美术出版社, 2003

7. 原黎明, 王岩, 董喜春 编著. 水粉水彩. 辽宁美术出版社, 1997

8. 何镇强, 黄德龄, 何山, 陈理, 何为 编著. 室内设计效果图表现技法. 河南科学技术出版社出版, 1996

9. ARCHITECTURAL RENDERING. Published by ROTOVISION SA Route Suisse 9 GH–1295 Mies Switzerland,1991

图片来源

图1–29《ARCHITECTURAL RENDERING》Published by ROTOVISION SA Route Suisse 9 GH–1295 Mies Switzerland,1991

图1–30《ARCHITECTURAL RENDERING》Published by ROTOVISION SA Route Suisse 9 GH–1295 Mies Switzerland,1991

图1–35《ARCHITECTURAL RENDERING》Published by ROTOVISION SA Route Suisse 9 GH–1295 Mies Switzerland,1991

图1–37《ARCHITECTURAL RENDERING》Published by ROTOVISION SA Route Suisse 9 GH–1295 Mies Switzerland,1991

图1–38《ARCHITECTURAL RENDERING》Published by ROTOVISION SA Route Suisse 9 GH–1295 Mies Switzerland,1991

图1–40《ARCHITECTURAL RENDERING》Published by ROTOVISION SA Route Suisse 9 GH–1295 Mies Switzerland,1991

图1–42《ARCHITECTURAL RENDERING》Published by ROTOVISION SA Route Suisse 9 GH–1295 Mies Switzerland,1991

图1–43《ARCHITECTURAL RENDERING》Published by ROTOVISION SA Route Suisse 9 GH–1295 Mies Switzerland,1991

图1–44《ARCHITECTURAL RENDERING》Published by ROTOVISION SA Route Suisse 9 GH–1295 Mies Switzerland,1991

图1–31《THE ART OF ARCHITECTURAL ILLUSTRATION 2》Copyright ©1996 by Rockport Publishers,Inc.

图1–32《THE ART OF ARCHITECTURAL ILLUSTRATION 2》Copyright ©1996 by Rockport Publishers,Inc.

图1–33《THE ART OF ARCHITECTURAL ILLUSTRATION 2》Copyright ©1996 by Rockport Publishers,Inc.

图1–34《THE ART OF ARCHITECTURAL ILLUSTRATION 2》Copyright ©1996 by Rockport Publishers,Inc.

图1–36《THE ART OF ARCHITECTURAL ILLUSTRATION 2》Copyright ©1996 by Rockport Publishers,Inc.

图1–39《THE ART OF ARCHITECTURAL ILLUSTRATION 2》Copyright ©1996 by Rockport Publishers,Inc.

图6–41《THE ART OF ARCHITECTURAL ILLUSTRATION 2》Copyright ©1996 by Rockport Publishers,Inc.

图2–1《西洋素描百图》人民美术出版社, 1986

图2–2《西洋素描百图》人民美术出版社, 1986

图2–4《西洋素描百图》人民美术出版社, 1986

图2–5《俄罗斯列宾美术学院建筑系学生作品集》辽宁美术出版社, 1999

图2–6《俄罗斯列宾美术学院建筑系学生作品集》辽宁美术出版社, 1999

图2–7《俄罗斯列宾美术学院建筑系学生作品集》辽宁美术出版社, 1999

图2–8《世界建筑大师优秀作品集锦 RTKL》中国建筑工业出版社, 1999

图2–40《世界建筑大师优秀作品集锦 RTKL》中国建筑工业出版社, 1999

图2–10《世界名画家全集 凡·高》河北教育出版社, 1998

图2–30《世界名画家全集 莫奈》河北教育出版社, 1998

图2–31《世界名画家全集 莫奈》河北教育出版社, 1998